Mylène Desclaux

GALA ET MOI

Roman

JC Lattès

Couverture : Léa Maupetit

ISBN : 978-2-7096-7077-7

Première édition mai 2023

« Avec ce que j'ai fait pour toi », disait le père. « Je sais tu me l'as dit déjà », disait l'enfant. « J'en demandais pas tant. »

Maxime Le Forestier

Avoir un garçon m'aurait soulagée, ou rassurée. Aussi, quand l'échographie avait révélé qu'il s'agissait d'une fille, j'avais ressenti un sentiment paradoxal de joie et de panique. J'avais grandi dans un décor ancestral, qui vénérait les mâles et soumettait les femmes. Une cellule familiale patriarcale, où le fait de ne pas être un homme était considéré comme un manque de chance. Je n'avais pas les codes pour éduquer une fille et faire d'elle ce que j'essayais d'être, une femme libre. J'allais devoir apprendre.

Trente-trois ans et mille kilomètres séparaient ma naissance de celle de ma fille. C'était loin dans le temps, loin dans l'espace. Cela suffirait-il ? Fallait-il que je me contente de faire le contraire de ce que mes parents avaient fait (ou n'avaient pas fait) pour moi ? Ça m'arrangeait de le penser.

Ma fille, je l'éveillerai aux arts, aux lettres et aux idées qui construisent le monde. Je lui apprendrai à se confronter à l'autre, à débattre dans la rhétorique fluide et calme des gens éclairés, à louvoyer magistralement dans les eaux parfois troubles de la vie sociale, à conquérir son autonomie, à être libre et juste, à le rester. Je ferai d'elle une personne qui ne doute pas, qui parle plusieurs langues étrangères, qui, sans être pédante, placera dans sa conversation des mots comme « aporie », « acmé », « casuistique », « spécieux »... Ma fille sortira en monoski, saura exécuter une rondade flip, aura une orthographe irréprochable, se méfiera des tordus, apprendra à s'en éloigner, et sera capable de reconnaître n'importe quel opéra sur cinq notes.

Elle ne sera pas comme sa grand-mère, soumise et consentante, qui s'accrochait à de tous petits rêves et se réjouissait de bien tailler ses frites au carré. Pas comme moi qui... Non, ma fille, elle, sera aimée au-delà de tout et cette profusion d'amour fera d'elle une personne magnifique, extraordinaire, admirable qui apportera sa lumière au monde. Elle sera artiste, chercheuse, romancière, pourquoi pas présidente de la République.

Quelques années plus tard, alors que je suis en train de rouler sur une autoroute américaine avec à mes côtés une adolescente de quatorze ans bougonne, je m'interroge. À quel moment ai-je raté la marche ?

Pacific Coast Highway, Californie, février 2008

— Comment dit-on faire le plein ? Tu sais ? J'ai dit « *make the full*[1] », mais le pompiste me regarde d'un drôle d'air, je crois qu'il ne comprend pas, ou alors il fait semblant.

Côté passager, jambes allongées et pieds croisés sur le tableau de bord, Gala gonfle ses joues et, en guise de réponse, laisse échapper un « pfff » au sens indéfini mais qu'une personne perspicace traduirait par quelque chose d'un peu vulgaire.

— Quoi « pfff » ? Ah, tu ne sais pas ? On est dans une station essence, le type doit bien se douter que je ne cherche pas à acheter une canne à pêche.

Gala me toise avec ce regard dont elle a le secret : faussement vide, presque ironique, et qui sait si bien exprimer l'ennui et la lassitude. Je me sens doublement agacée, par sa désinvolture et par mes difficultés de langage. Je ne suis douée ni pour les langues, ni pour l'éducation. C'est comme ça,

1. « Faire le plein » dans une traduction littérale du français incorrecte en anglais.

je vis avec, et me donne un mal fou pour dissimuler autant l'un que l'autre.

— *The toilets, please ?*

À mon retour, le pompiste est en train de nettoyer le pare-brise et n'a pas encore fait le plein. En associant le geste à la parole, je réussis à me faire entendre, même si je ne connais pas leur système de mesure.

— Comment on dit, déjà, « gardez la monnaie » ?

En guise de réponse, ma fille affiche une sorte de rictus.

— Tu fais de l'anglais à l'école, non ? Tu connais bien quelques mots ?

— *Yes, fuck.*

À ce moment-là, je me dis : bon, nous sommes en vacances ne prenons pas la mouche pour de dérisoires motifs. Sans mot dire, j'étale la carte routière sur le tableau de bord côté passager et me remets au volant.

— Je te propose d'être le copilote, d'ac ?

— Chut... Je dors.

À cette époque, les applications de géolocalisation n'existent pas encore et se repérer aux alentours de Los Angeles à l'aide d'une seule carte routière est un exercice auquel personne n'est naturellement rompu. Les entrelacs des autoroutes s'enchevêtrent jusqu'au vertige et les panneaux indicateurs n'en finissent pas d'annoncer l'entrée de la ville. Suivre le flux des voitures n'est pas suffisant, il faut de l'attention et prendre la bonne sortie. L'arrogante somnolence de ma fille et la volatilité diffuse de mes pensées me plongent dans un faux lâcher-prise. Le décalage horaire n'aide pas à ma concentration. Heureusement, sur la gauche, il y a l'océan, ce qui simplifie les choses pour s'y retrouver, mais les complique pour la conduite. À toute occasion, mon regard se perd au loin dans le bleu de l'horizon. Je rêve de fluidité, d'indulgence et de sourires partagés. Des choses simples.

Nous venons de Laguna Beach, où nous avons rendu visite à des amis, et nous roulons maintenant en direction de Santa Monica, où j'ai réservé un hôtel sur le front de mer. Ce sont nos premières vacances depuis que Gala est partie en pension. Une décision qu'elle a souhaitée et qui m'a soulagée. Dans mon cerveau, la zone qui correspond à la culpabilité clignote.

Si tout va bien, nous devrions atteindre notre destination d'ici trente minutes.

Si tout va bien.

Gala allume la radio et Britney Spears remplit l'espace de *Womanizer, Woman-Womanizer.* Je baisse le volume, qu'elle remonte aussitôt.

— C'est trop fort, dis-je.

— Mais je veux écouter la musique fort.

— Mais tu voulais dormir il y a une minute. Et puis « je veux, je veux ». On dit « je préférerais », pas « je veux ».

Dans toute confrontation compliquée, il existe un moment de bascule, où les faux-semblants s'évaporent. Nous y voilà. J'essaie d'être calme, la route est magnifique, les paysages éblouissants, j'ai envie de poésie, je m'accroche à la mer, et reviens dans le réel.

— Je préférerais que tu fasses ce que je veux, reprend-elle.

— Gala, stop, ce n'est pas possible, tu ne me parles pas comme ça. Et d'abord personne ne me parle comme ça.

C'est vrai ! Personne autour de moi ne se permettrait. Pourquoi ? Parce que je suis la patronne, la chef, la boss, la directrice, la dirigeante, et qu'à l'Agence, quand je parle on m'écoute, on me fait des sourires, on est poli, on me sollicite de façon souvent révérencieuse, et peut-être même on me craint. J'ai travaillé dur pour en arriver là. Alors pourquoi suis-je une autre en présence de ma fille ? Pourquoi suis-je en déséquilibre lorsqu'elle me provoque ?

Respirer, se contrôler. Vivement qu'on arrive à l'hôtel. La fatigue prend le dessus, elle peut pousser au dérapage verbal. Je me méfie de moi. Elle le sait.

En attendant nous sommes là, moi au volant de la Subaru de location, et ma fille, à moitié allongée, telle une grande liane dépliée, les pieds posés contre la vitre avant du tableau de bord. Sa casquette est à l'envers et son regard perdu dans le vide ne semble rien imprimer du paysage qui défile. Outre la désinvolture de la posture et l'arrogance mal à propos, Gala dégage une beauté prometteuse. Je l'observe en pointillé, du coin de l'œil. L'arc parfait de ses sourcils surligne en circonflexe de grands yeux miel prêts à vous mordre.

Ses longs cheveux blonds se placent toujours avec grâce sur les épaules ou en chignon, quant à son sourire, il vous éclate au visage et appelle le vôtre. Je cherche à l'impliquer dans la bonne marche du voyage autant que dans la conversation, mais apparemment, c'est peine perdue. Chaque tentative pour insuffler la légèreté recherchée demeure vaine. Le silence nous plonge dans une ambiance sourde. La tension est palpable et l'habitacle de la voiture se rétrécit comme dans l'appartement du roman *L'Écume des jours*. Un nénuphar prend toute la place dans mes poumons. Dans un dernier effort, je tente la démarche classique de la mère maladroite, d'accord pour se faire manipuler :

— Qu'est-ce qui te ferait plaisir ?

Pas de réponse.

— Tu ne veux pas parler, tu as sommeil ?

— Tu vas me dire des choses que j'ai pas envie d'écouter ni d'entendre, ou alors me répondre « non », tu me dis tout le temps « non, non »…

— Pas forcément… Tu voudrais quoi, par exemple ?

J'avance un pion, toujours le même, dont je ne sais si c'est celui de la gentillesse ou de la faiblesse tellement ces deux-là se confondent. J'ai conscience qu'en posant ce genre de questions je prends un risque. Mais j'ai tellement envie (et besoin) de douceur.

— Conduire !

Le mot est lancé sans hésitation, comme s'il était présent dans sa tête depuis longtemps.

— Conduire ?

— Je veux être au volant et faire comme dans les films, rouler vite dans les rues qui montent et descendent.

— Ce n'est pas possible, tu n'as ni l'âge ni le permis.

— Tu vois que tu me dis toujours non. Alors que je sais conduire, Papa m'a appris. Je sais où est l'embrayage, le frein, la lumière, le chaud, le froid et, le plus important, la musique. Tu ne me fais pas confiance. Avec toi, soit c'est non, soit j'ai tort. Le prof, lui, il a toujours raison, même s'il a tort.

Le débit de Gala s'est accéléré. Ses mots frappent et cognent, une tension palpable monte en elle. Je suis obligée de répondre, tenue de lui dire non.

— Parce que tu crois que c'est facile de te soutenir quand tu te fais attraper en train de tricher, de sécher, de fuguer ? Tu nies, tu mens, tu parles mal. Tu es indéfendable. Et là tu voudrais que je te laisse conduire ?

— C'est pas vrai, mais putain, Suzanna défend toujours son fils, elle. Toi, jamais tu prends ma défense.

— Je ne suis pas Suzanna et arrête de dire « putain ».

— Il a une putain de chance, Mickaël, d'avoir une mère comme Suzanna, je préférerais que ce soit elle ma mère plutôt que toi.

J'argumente, je recadre, mais, comme une chorégraphie réglée d'avance, je dérape.

— Mais qu'elle t'adopte, Suzanna, bonjour la mauvaise affaire !

— Tu vois, ça, ce que tu viens de dire, c'est direct à mon psy.

Mes pensées étaient dispersées, les voilà rassemblées. Ma fille est le paratonnerre de mes émotions. Elle a le don pour éclipser mon calme et ma raison. Quelques phrases bien senties au ton ingénu me placent toujours la tête sur le billot. J'ai envie de lui crier que je l'aime et qu'elle doit me parler avec la gentillesse et la gratitude qui siéent aux enfants de parents méritants. Calmement, je lui rappelle que je ne mérite pas cette tyrannie verbale. Mais à quel moment ma fille m'a-t-elle échappé ? Nos relations sont comme une plaie ouverte aux vents acides. Elle a l'immense talent de me désorienter. Lui céder l'encourage à aller encore plus loin dans ses impertinences, la contrer m'installe dans une incapacité. Alors je tergiverse, je négocie, je compose, tandis qu'elle, avec une virtuosité un peu perverse, s'arrange toujours pour faire monter la pression d'un cran, jusqu'à la limite du supportable. Moins je parviens à la cadrer, plus elle excelle à me balader. Le stress de cette discussion doublé d'une soudaine fatigue incite une vague migraine à toquer à la porte de mon hémisphère droit.

L'agressivité de notre échange et le contrecoup du décalage horaire n'arrangent rien. Ces vacances sont terribles. Il reste encore cinq jours.

Gala n'a pas l'intention de s'arrêter là, elle sait là où ça fait mal. Aussi, quand je lui dis qu'elle doit être à l'écoute de l'autre, elle me renvoie la pareille.

— Et toi tu m'écoutes ? Et tes mecs, tu les écoutes ? Pourquoi ils se barrent tous ? Hein ? T'en gardes aucun. Tous des relous en plus.

Le terrain est glissant. Cette conversation fait remonter d'un coup le souvenir de certains moments embarrassants faits de perfidies espiègles et de soirées déjantées au cours desquelles Gala a su pourrir avec précision les élans bienveillants des amoureux qui, découragés, s'en repartaient. Le dernier en date n'a pas encore été complètement refroidi, malgré… Je ne peux pas lui laisser dire des choses comme ça.

— À cause de qui ? À cause de qui tu crois qu'ils se cassent, hein ? T'es odieuse.

— Ça aussi, direct à mon psy.

Les mains sur le volant, pensive, impuissante, blessée, déconcentrée, outragée, je pense à cette conversation qui s'enlise et augure l'enfer.

Je manque de rentrer dans un camion qui klaxonne, la panique me pousse à faire une queue de poisson à un gros 4×4 qui baisse sa vitre pour m'adresser ce qui ressemble à des insultes mais qu'heureusement je ne comprends pas.

— Putain, attention, crie soudain Gala.

Je braque un peu brutalement et perds le contrôle du véhicule pendant quelques secondes. Ma conduite devient instinctive et je mise sur la bonne tenue de route de la voiture. Nous manquons heurter le rail de sécurité, je braque encore dans l'autre sens et zigzague deux fois. Mon cœur bat vite et fort, in extremis, je parviens à remettre la voiture droite, c'est bon, mais c'est de justesse.

— Tu es une folle, je veux descendre de cette voiture, hurle Gala

— Mais tais-toi, tu me déconcentres. J'ai besoin de calme pour conduire, pas d'entendre tes jérémiades. On a failli se tuer, et arrête les putain par-ci putain par-là, je n'en peux plus de ta mauvaise humeur tout le temps, de ton irrespect, de tes caprices. STOP !

Une voix stridente est en train de m'anéantir le tympan droit.

— JE VEUX DESCENDRE JE VEUX DESCENDRE JE VEUX DESCENDRE.

Je suis au bord de l'implosion. Tandis qu'une mule tente de sortir de ma tête à coups de sabot, sans trop réfléchir, je mets le clignotant, quitte l'autoroute et me range sur la file de droite. Sur Eschelman Avenue, je ralentis avant de freiner brutalement au point de faire crisser les pneus. Heureusement, il n'y a personne derrière.

La voiture arrêtée, je lance alors, exaspérée :

— Tu sais quoi ? Dégage. Allez, dehors. DÉGAGE. Tout de suite !

Alors, Gala, enveloppée d'une dignité déconcertante, réajuste sa casquette, sort calmement de la voiture, claque la portière derrière elle et, sans se retourner, s'éloigne d'un pas déterminé. Je sais que son rythme cardiaque est resté le même, contrairement au mien dont le tambour matraque mes tempes, invitant ma migraine à s'installer confortablement dans mon crâne pour une durée indéterminée.

Et là, sans réfléchir, le geste dicté par des nerfs à vif, je redémarre en trombe.

Pourquoi ? Je ne sais pas. Un mélange d'énervement, d'inconséquence, d'envie de sanctionner. En moins d'une minute, je me retrouve sur l'autoroute, seule dans ma voiture. Quand je réalise ce qu'il s'est passé, il est trop tard, je roule à l'unisson dans le flux bourdonnant des voitures.

J'ai toujours été horrifiée par ces personnes qui, le premier jour des vacances d'été, sont capables de se débarrasser de leur chat ou de leur chien en le laissant sur le bord d'une route. Ces méfaits activent chez moi les pires penchants. Quelle honte, ces gens. J'imagine qu'ils doivent freiner, pousser l'animal hors du véhicule en espérant n'être vus par personne, et redémarrer suffisamment vite pour qu'on ne puisse pas lire leur plaque d'immatriculation.

Au bout d'un temps, je recommence à respirer, lentement, puis de plus en plus fort. Les battements de mon cœur ne ralentissent pas. Je ne m'appartiens plus. Mes triptans, mes médicaments contre les crises de migraine, sont dans la valise, la valise est dans le coffre.

Alors, de ma plus grande force gutturale, je pousse un cri, le cri le plus fort de toute ma vie. Un cri de rage, de peur, un cri de nerfs, un cri d'hystérique ou de désespérée, sûrement un cri de folle. Mon menton tremble. J'éclate en sanglots. Le visage déformé, les larmes brouillent ma vue. Je n'ai plus le choix car je suis en train de rouler sur une autoroute en direction d'une ville dont le nom ne me dit rien. Je poursuis ma conduite dans la douleur, la panique et l'inconnu. Je suis perdue.

Je viens d'abandonner ma fille sur le bord d'une route californienne.

Elle n'a pas de téléphone portable, pas d'argent, pas de papiers d'identité et, surtout… elle n'a pas encore quinze ans.

La prochaine sortie est annoncée dans douze miles.

Une dispute de ce genre, non loin du domicile, aurait été plus facile à contenir, mais là, en pleine mégalopole au volant de ma Subaru, je me rends compte à quel point le demi-tour n'est pas simple à effectuer. J'essaie de me calmer.

Comment retrouver la bonne bretelle d'autoroute, celle qui pourrait me ramener pile à l'endroit de la dispute ? Comment s'appelle cette ville ? Lomita, je crois, oui c'est ça. Et pour l'atteindre, quel panneau dois-je suivre alors que je roule en sens inverse ? Je n'en ai aucune idée. Vite sortir de là. Torrance ou Carson ? Je ne sais que choisir. Je me fie à la logique qui veut qu'à force de prendre plusieurs fois à droite on finit par aller dans le sens opposé.

Bien sûr, je me trompe, car ma logique et mon oreille interne ont toujours été en conflit. Me voilà maintenant au cœur d'une agglomération qui ne présente aucune issue et dont le nom ne me dit rien. « Entering Gardena ». Comment sort-on de Gardena ? Avec difficulté, je m'en extrais. Je roule sans savoir si je me rapproche ou si je m'éloigne.

Mon sens de l'orientation ne fonctionne que dans un endroit clos de quarante mètres carrés maximum. Je ralentis, je mets le clignotant et m'engage sur l'arrêt d'une aire de repos. Là, j'examine attentivement la carte routière. Mon cœur bat toujours très fort et je n'ai plus de larmes. Une Chevrolet est là, en stationnement. À l'intérieur, une personne somnole sur le siège allongé. Un chapeau de cow-boy en cuir recouvre son visage. Il doit ronfler, et comme il est la seule personne présente sur cette aire d'autoroute, je le réveille en toquant à la vitre. Une main soulève le chapeau qui dévoile un visage amorti aux yeux hagards.

— *Mister Mister help, please, lost my daughter my daughter is lost, I don't know where. May be at Lomita, the direction of Lomita please*[1].

Après quelques secondes de stupeur, il me regarde avec l'air ahuri de celui qui n'envisage pas de partager un désarroi qui ne le concerne pas. Il ne voit pas comment m'aider. Il en est désolé, mais m'indique quand même la direction de Lomita avant de reposer son chapeau sur sa tête renversée en arrière, signifiant clairement la fin de sa contribution.

Grâce aux indications du cow-boy, je repère enfin la sortie « Lomita ». Pour m'aider à me calmer, je me répète que je vais la retrouver et que

1. Monsieur monsieur, j'ai besoin d'aide, s'il vous plaît, j'ai perdu ma fille, ma fille s'est perdue, je ne sais pas où. Peut-être à Lomita, quelle est la direction de Lomita s'il vous plaît ? (En mauvais anglais.)

cette histoire lui servira de leçon. Voici le supermarché que j'avais remarqué tout à l'heure et qui se trouve proche du lieu de notre altercation. Il me semble reconnaître. C'est bien là, j'en suis sûre. Je regarde ma montre : une heure trente s'est écoulée. Il peut s'en passer des choses en quatre-vingt-dix minutes.

Je gare la voiture dans les hauteurs du huitième niveau d'un parking public, avant de redescendre en courant.

Me voilà, haletante, en train de remonter d'un pas vif ce qui ressemble à l'artère principale de la ville. Jusqu'où peut-on aller en marchant pendant une heure trente ?

À quel moment dois-je avertir l'autorité compétente ? Mais qui est-elle ? Le consulat, la police, l'ambassade ? Mon errance est telle que j'envisage d'appeler le père de Gala. Son numéro mémorisé dans mon téléphone me permettrait en deux clics de diviser mon angoisse par deux. Enfin, pas sûr.

Il faut que je l'appelle, que je lui explique.

Il me dirait « Comment ça, perdue ? »

Les sonneries s'égrènent alors que j'imagine notre conversation et, à mon grand soulagement, je tombe sur son répondeur. Pas question de laisser un message aussi funeste. De toute façon, je ne vois pas bien ce qu'il pourrait faire depuis l'endroit où il vit. Depuis qu'il a quitté la maison, il y a longtemps, je n'ai plus trop l'occasion de communiquer avec lui. On ne s'est jamais bien compris. Il est assez agréable quand tout va bien, mais délègue volontiers le moindre problème. Autant l'autorité compétente que le père me demanderaient des explications. Vous étiez énervée et vous l'avez laissée, c'est votre explication ? Vous êtes sérieuse ? En Amérique, on doit aller en prison pour moins que ça.

Non, je ne vais appeler personne, en tout cas pour l'instant.

Des idées de plus en plus noires s'invitent dans ma tête. N'est-il pas un peu tard pour se plaindre et regretter ? C'est-ce que doivent dire les assassins pour leur défense, « elle m'a poussé à bout, alors j'ai tiré, désolé, mais attention, je le regrette ».

Un modérateur virtuel s'invite dans mon esprit et me suggère d'arrêter de me flageller bêtement avec le fouet de la culpabilité. La marche et l'air frais de la rue ne me calment pas. Au contraire, je suis toujours en panique.

J'arrête un coureur, l'oblige à enlever ses écouteurs pour lui montrer la photo de ma fille.

— *This girl, with a red casquette, do you see ? Tall*, une *big* tige.

— *Sorry, no.*

Je ne récolte que des « *sorry, no* ».

Réfléchir dans le bon ordre. Se mettre à sa place. Mais où est-elle ? Je cherche les espaces publics, jardins, cafés, restaurants. J'arpente à grands pas d'anonymes avenues. La peur ne me quitte pas, elle m'envahit tout entière. Et si…

Et si elle avait fait une mauvaise rencontre. Je la connais, elle est capable de suivre n'importe qui. Il y a des tarés partout. Surtout ici. Et elle est tellement jolie. Une adolescente française de quatorze ans, qui ne parle pas l'anglais, seule, dans un pays étranger, mais quelle folie !

Je réalise que j'ai abandonné ma fille dans le pays du type qui a écrit *Le Silence des agneaux*. Sûrement d'après une histoire vraie.

Je m'arrête dans tous les restaurants pour poser la même question, le bras tendu, brandissant sa photo. Avez-vous vu ma fille ? Nous étions ensemble et nous nous sommes perdues. J'évite les détails. Pourquoi personne ne parle français ?

Chaque silhouette maigrelette aperçue semble être la sienne. Je traverse la rue sans regarder. Je me précipite, mais non. Encore non.

Mon téléphone sonne – enfin des nouvelles !

— Unifoy veut renégocier nos tarifs, m'annonce Doris, mon assistante.

Je fonds en larmes.

— Mais ne vous inquiétez pas, enchaîne Doris visiblement décontenancée par mes bruyants sanglots, on peut revoir nos conditions.

Je ne l'ai pas habituée à ce genre d'abandon. J'avale un hoquet, lui dis que je la rappelle. C'est la première fois que je craque devant une de mes collaboratrices. Normalement, je tiens mon rang de patronne. J'y mets une certaine distance et ce qu'il faut de mystère pour masquer un vague syndrome d'imposture. Je fais beaucoup d'efforts pour que jamais personne ne soupçonne les intempéries de ma vie privée qui se résument à la gestion d'une fille difficile et à celle d'histoires d'amour compliquées.

Je vais marcher tout l'après-midi si c'est nécessaire, mais je dois la retrouver. Je vais la retrouver. Elle ne peut disparaître comme ça. Une adolescente dégingandée, blonde, avec une casquette rouge, ça se voit. L'estomac serré par l'angoisse, je ressens l'envie de raconter ma panique, de partager ma peur avec qui veut. *Sir, sir ?* J'interroge maintenant tous les gens que je croise. Une voiture de police passe et ralentit à mon niveau. Ah non, pas eux. Je fais semblant de téléphoner. Les flics américains ne m'inspirent pas confiance, la faute à Hollywood. S'ils m'interrogent, ils m'embarquent, c'est sûr. Ce qui me sauve, c'est que je serais bien incapable de raconter en anglais le détail des événements.

Il y a forcément quelqu'un qui l'a vue. Épuisée par l'émotion, je m'engage dans un quartier un peu plus animé que les autres. Je passe devant une église, je rentre. Elle est vide. Je reste debout dans l'allée centrale et récite une prière.

Je prie de toutes mes forces, j'implore Dieu. Bon, je suis un peu dans le rouge avec Lui depuis quelques années. Mon rapport à la religion s'est dilué en même temps que ma vie empruntait des chemins de traverse. Mais là, je demande pardon, j'ai besoin d'aide. Je ferai mieux. Promis. Si je la retrouve, j'allumerai un cierge chaque semaine dans la chapelle d'un saint. Ou plutôt dans celle d'une sainte. Les femmes m'ont toujours mieux protégée que les hommes.

Pourvu qu'il ne lui soit rien arrivé. Encore pardon mon Dieu. Je passe devant des cafés, des restaurants, des marchands de musique, des boutiques de vêtements…

J'arrive devant la grande baie vitrée d'un pub à l'esprit mexicano-country : The Jacalito. Il y a des lumières, et plein de gens. Des photos de guitaristes à moustache et de surfeuses décolorées sont accrochées au mur. En fond sonore, une radio semble mettre à l'honneur un groupe de mariachis.

Je vais me poser un peu, tiens, prendre une tequila, et interroger les consommateurs attablés. Alors que je m'apprête à montrer la photo de Gala à un gaillard géant au look de bûcheron, j'entends une voix dont je crois reconnaître le timbre.

Je me retourne.

C'est bien elle, là, de dos, au milieu d'un groupe de jeunes gens.

Je m'approche. Dans un immense soulagement, la colère remplace instantanément la peur. Elle va m'entendre cette petite peste. Je m'approche doucement, la fixe, et m'arrête, pétrifiée, car Gala est là, en train de discuter en anglais de façon fluide et décontractée avec trois gars barbus en chemise à carreaux dont l'un d'eux est une montagne rousse avec, en son sommet, une casquette à message écolo. Une chope de bière dans la main, les voilà qui trinquent. Ils rigolent. Je reste là, médusée.

Après avoir cogné son verre contre celui de tous les garçons du groupe, elle me voit, ce qui ne l'empêche pas d'avaler plusieurs lampées avant de reprendre sa conversation dans une langue à laquelle je ne décèle aucun accent français.

Un anglais parfait que je ne lui ai jamais entendu auparavant.

Je rêve.

Alors ma fille s'approche de moi, me prend par l'épaule et, lentement, en s'adressant aux garçons, leur dit :

— *Let me introduce you my mother. My mom, Bill, Chris, and Doug*[1].

L'un des gars dit quelque chose que je ne comprends pas, Gala répond un truc que je ne comprends pas davantage. Ils parlent trop vite. Alors je lui demande :

— Mais tu parles anglais… couramment ?

— Ah ben, je vois que tu es contente de me voir.

— Mais comment, mais pourquoi ?

— TV shows, Mims. *24 Heures chrono*, *Lost*, tutos, *many many friends on line*…

Quand ma fille est bien disposée ou bien lorsqu'elle veut obtenir quelque chose, elle m'appelle Mims ; j'ignore d'où ça lui vient, mais ce qui suit s'enrobe toujours de sucre tendre. Mims dans sa bouche est bon signe. Et de reprendre sa conversation en avalant la dernière lampée de sa Rolling Rock. Voir ma fille engloutir une bière à quatorze ans comme si c'était de la grenadine à l'heure du déjeuner : c'est la journée des premières fois.

Je la regarde et l'écoute s'exprimer avec aisance, et, alors même qu'il y a quelques secondes j'étais prête à la fracasser contre un mur, je ne peux à

---

1. Laissez-moi vous présenter ma mère.

présent m'empêcher d'éprouver une sorte de fierté. Cette simple pensée me tétanise car je me rends compte que Gala neutralise mes colères et annihile mes défenses à sa guise. Elle a quatorze ans et fait de moi ce qu'elle veut. Alors que ce constat me désole, je me surprends à afficher un sourire béat à la cantonade. Les trois cow-boys me rendent mon sourire.

— *Speak slowly please, Mom doesn't understand very well*[1].

— *English*[2] *?* demande le hipster

— *Not only, everything*[3].

Le roux hésite à rire, il voudrait éviter de cautionner l'insulte et rester dans le sourire de politesse. Il y parvient en essuyant longuement sa bouche du revers de la manche.

— *Enjoy your stay*[4] *!*

— Ils doivent partir, dis au revoir à mes nouveaux amis.

Et moi de dire *good bye* comme elle me le demande, un peu intimidée par ce trio de jolis garçons.

— *Thank you, thank you very much*, dit l'un des bûcherons.

Ils se disent au revoir en se faisant une accolade rien que d'un côté, alors moi aussi je fais le *hug*, toujours en souriant alors que je viens de vivre l'enfer.

1. Parlez doucement, s'il vous paît, ma mère ne comprend pas très bien.

2. L'anglais ?

3. Pas seulement, tout.

4. Profitez de votre séjour !

— *Thank you, thank you*, répondent les deux autres

— Pourquoi ils me disent tous merci ?

— Parce que je les ai invités, ils sont vraiment trop sympas… Allez, Mims, tu paies et on y va.

L'émotion dissoute, la poussière retombée, un apaisement s'installe, au moins en surface. Nous sommes allées au bout d'une intensité extrême, les choses ne peuvent que s'arranger. Désormais, je guette du coin de l'œil les tentatives de prises de pouvoir de Gala en essayant de faire le tri entre envies ludiques et requêtes fantaisistes. Quand les unes sont bienvenues, les autres n'ont vocation qu'à tester les limites. Ma volonté forcenée de rendre le séjour agréable vise à esquiver toute contrariété. Un cliquet de sécurité s'est installé dans le logiciel de mon comportement, il contrôle les possibles débordements. Gala grignote pernicieusement le périmètre de mon autorité parentale. Aimer, être attentive, faire plaisir est plus facile que savoir dire non, garder le calme et sourire.

Et d'observer, impuissante et en toute conscience, la pathétique attitude qui me pousse à obtempérer misérablement.

Et de me convaincre que céder est l'option la plus simple à gérer tout en étant la plus difficile à digérer.

Et de redouter dans le même temps mes élans de colère, et encore plus les siens.

Nous sommes ici toutes les deux, loin de nos repères, tout près l'une de l'autre, en mode transparent, l'âme presque nue. Avec ces vacances, je cherche à détecter des éléments qui vont m'aider à la comprendre qui sont aussi ceux dont j'ai besoin pour me comprendre moi-même. Alors, je savoure la satisfaction d'être là, de partager avec elle ces moments précieux en espérant que sur la durée et par leur nombre ils effacent les récents tourments et se transforment en bons souvenirs.

Le jour tombe, j'observe la courbe de sa nuque, la surface lisse de son grain de peau et ses traits qui s'estompent dans le contre-jour. Un rideau de mèches claires laisse filtrer le reste d'un soleil vespéral. Gala est mon mystère et ma boussole. La fraîcheur de son visage délicat m'envoie dans un sentimentalisme appuyé qui dépose sur mon visage un bienveillant sourire. Elle doit sentir mon regard puisqu'elle lève soudain les yeux vers moi :

— Kes t'as ? Pourquoi tu me regardes comme ça ?

Poum, atterrissage en force.

Mais pourquoi ma fille que j'enveloppe d'un amour inconditionnel me balance un « Kes t'as ? ».

Je mouline quelques instants mon impuissance et mon désarroi en me désolant de ne pas avoir d'instinct la bonne attitude. Celle censée programmer dès l'enfance les règles du respect. Celle qui va donner à l'enfant le bon ou le mauvais pli à son caractère en devenir. Celle qui se passe de cris ou de violence mais que l'on tient à distance parce qu'on le sait, parce qu'on l'a lu dans les livres.

Je ne réponds pas tout de suite car je reste un peu bloquée dans mes pensées. Elles sont dirigées vers ces gens qui, autour de moi, me disent que la situation est banale, que ce n'est pas si dramatique, que ça passe avec l'âge. Leurs mots me réconfortent et minimisent mon impuissance. « Nous, c'est pareil », disent-ils. « Enfin... peut-être pas autant », reconnaissent-ils. Je sens bien que la plupart d'entre eux demeurent sceptiques sur ma façon d'éduquer. Quand Gala montre son irrespect en public, je ravale ma honte en faisant croire que je n'ai pas entendu, ou alors je dédramatise son arrogance comme si je me réjouissais de sa personnalité bien trempée. Certains disent : « Il faut donner un cadre à cette enfant. » Ah oui, tiens, ce n'est pas bête. Donner un cadre ? Je n'y avais pas pensé. Imbéciles ! Désolée, je ne suis pas douée pour donner un cadre à un enfant, en tout cas à cette enfant-là. L'aimer oui, mais pas la cadrer.

— Kes t'as ? répète-t-elle me sortant brutalement de mes rêveries.

— Rien, je te regarde, tu es jolie.

— Oula, Mims, où sont tes médocs ?

Depuis deux jours nous sommes dans cet hôtel moyen de gamme choisi pour sa piscine, son terrain de tennis et, surtout, parce qu'il se trouve sur notre route.

James, un jeune et joli garçon, nous accueille et porte nos bagages jusque dans la chambre. Il énonce mécaniquement les prestations de l'hôtel, s'attarde sur les visites des alentours et se tient à notre disposition pour tout besoin particulier. Gala note qu'il y a un court de tennis, et aussitôt James lui propose aimablement de faire une partie de tennis si elle le souhaite.

— *When ?*

— *When do you want ?*

— *Right now !*

James précise qu'il a des horaires flexibles et que jouer au tennis avec les clients de passage fait partie de sa formation.

Sans prendre le temps de se poser un peu, voilà ma Gala qui enfile une tenue de sport faite d'outrance et de peu de tissus : short échancré, brassière minuscule, bandana fluo sur le front, elle s'élance vers le court de tennis en petites foulées bondissantes. Je m'abstiens de lui dire une fois de plus ce que j'en pense, elle le sait très bien mais je feins d'ignorer la provocation. En temps normal, Gala a l'habitude de prétendre que faire du sport la fatigue, ce qui laisse supposer que l'entrain sautillant avec lequel elle part au tennis ce matin n'a rien à voir avec son amour du sport.

Pendant qu'un livre ou une raquette l'occupe, je peux baisser la garde, me décontracter, penser à autre chose…

Une heure plus tard, elle est de retour dans la chambre, ravie, en sueur, les joues rouges. Nous dînons toutes les deux à l'hôtel et nous réussissons même à discuter calmement sans affect et sans dispute.

— Et si nous allions nous coucher tôt ? Qu'en penses-tu ?

Gala, comme tous les adolescents en vacances, se couche et se lève tard. Nos rythmes se croisent.

— Euh, je n'ai pas sommeil, je vais lire dans le lobby, dit-elle

— Lire dans le lobby ?

Je lève un sourcil.

La seconde d'étonnement passée, l'expression « lire dans le lobby » a comme un effet anesthésiant car, pour moi, rien n'est au-dessus de la lecture. Lire est une activité sacralisée, subtile à transmettre. Venant de ma fille, je savoure son désir de lire comme une consécration, presque une victoire.

Je l'avais poussée à prendre les nouvelles de Maupassant en vantant avec insistance un style narratif au service d'histoires un peu cruelles, mais au dernier moment, par un tour de passe-passe, c'était *Moi Christiane, 13 ans, droguée, prostituée* qui s'était retrouvé dans la valise. Un livre lu par 80 % des jeunes filles entre seize et dix-huit ans. Avec Maupassant, j'aurais été tranquille, avec *Moi Christiane*, un peu moins... La lecture, le tennis, on me l'a changée.

— Pas de problème, bien sûr ma chérie.

En la regardant attaquer sa lecture, je me demande ce qui l'attire dans ce titre : drogue, prostitution ou 13 ans ? Mieux vaut lire ça que rien du tout. On va dire que je suis une mère ouverte, décontractée, moderne, et en vacances.

Là où, chez la plupart des gens, les aléas du quotidien déclenchent des insomnies, chez moi, les contrariétés et les tensions m'endorment et m'abandonnent à l'ambiguïté des rêves. C'est dans l'évitement que je décompresse. Seuls le vide, le bruit et l'ennui provoquent chez moi des insomnies. Les soucis sont mes somnifères naturels.

Je m'endors donc très vite d'un sommeil lourd dénué de peurs. Mes rêves me lâchent. Ma fille, mes amants, ma vie professionnelle, pfff, tout s'envole dans les vapeurs du Léthé qui coule et coule dans les méandres tordus de mon cerveau…

Quand je me réveille, Gala est dans le lit à côté. La tête en arrière et la bouche ouverte, d'où sort une sorte de sifflement rauque qui vient de la gorge. Je ne l'ai pas entendue rentrer dans la chambre hier soir. Son livre est sur la table de chevet, la pliure demeure toujours à la page 8. Pas terrible pour une soirée lecture.

J'ai besoin d'un café.

Ce matin-là, la grande salle à manger accueille un peu de soleil et quelques personnes : deux familles, un couple âgé, deux copines trentenaires. Quand il me voit, James m'adresse un demi-sourire timide ou gêné. Tout en m'accompagnant à ma table, je l'entends exprimer ce qui ressemble à une formule de politesse un peu longue et qui m'échappe partiellement. « *Thank you James. How was the party of tennis*[1] ? » J'ai encore droit à une réponse polie, un peu longue et qui m'échappe partiellement.

1. Merci James. Comment était le tennis ?

Le petit-déjeuner terminé, je passe par le jardin pour retourner à la chambre. Au moment de prendre l'escalier extérieur qui mène à l'étage supérieur, j'aperçois ma voiture stationnée sur le parking à droite.

Elle me semble légèrement de travers.

Pas vraiment dans l'axe.

Bizarre.

J'étais pourtant entrée en marche arrière pour décharger les valises. Enfin, il me semble, puisque le doute me saisit soudain. Soit ma mémoire subit une inquiétante défaillance, soit la voiture a… bougé. Mais comment cela est-il possible ? Bah, ce sont sûrement les autres voitures qui se sont déplacées, me dis-je dans mon arrangeante aptitude à balayer de ma tête les choses compliquées.

Je m'approche du véhicule, histoire de vérifier qu'il s'agit bien de ma Subaru de location. Je reconnais la bouteille d'eau à moitié vide sur le siège arrière et la casquette rouge de Gala à l'avant, donc aucun doute c'est bien celle-là.

J'en fais le tour, et là, horreur, malheur, la portière droite est enfoncée. Au niveau de la poignée, un creux apparaît, qui semble avoir épousé une forme arrondie. Le choc a dû être suffisamment violent pour que la portière de la voiture en garde le souvenir. Je dois me rendre à l'évidence : on a embouti ma voiture de location et, comme il n'y a aucun mot sur le pare-brise, « on » est parti sans rien dire, comme un voleur.

Pourquoi les contrariétés de la vie se produisent-elles lorsque l'on se trouve loin de tout, au bout du monde ? Sans le bon copain qui connaît le garagiste virtuose et quasi gratuit ou sans l'opératrice de la compagnie d'assurance pleine d'empathie qui va nous guider dans une langue connue.

J'inspecte les voitures aux alentours du parking, à la recherche de traces d'éraflures sur un autre véhicule. Rien !

Relativisons ! Il n'y a pas mort d'homme, me dis-je, et je retourne à l'accueil pour vérifier si quelqu'un s'est manifesté. « *Good morning, my car, scratch*[1]. » Je joins le geste à la parole. « *Come come to see the car*[2]. » C'est alors que James apparaît dans le hall. Son regard croise le mien et, face à mon air désolé, il me demande dans un français plutôt correct si tout va bien.

— James, vous parlez français ?

Ça tombe plutôt bien, je ressens une sorte de soulagement dans mon désarroi, comme une branche à laquelle je peux m'accrocher.

Le concierge de l'hôtel constate les dégâts. Il faut se rendre au plus tôt au poste de police le plus proche. Je me tourne vers James avec un air de chiot un premier août en bord d'autoroute. Ça marche, James comprend. Après porter les bagages, jouer au tennis, ou faire le maître d'hôtel, James peut bien aider une cliente à affronter un problème administratif.

---

1. Bonjour, ma voiture, endommagée.
2. Venez, venez voir ma voiture.

— Je vous accompagne, me dit-il, allégeant d'un coup la perspective bureaucratique de mes vicissitudes.

Aussitôt, je remonte dans la chambre où Gala dort toujours. Sur une feuille j'écris :

« La voiture a été accidentée sur le parking pendant la nuit, je file faire une déclaration à la police pour l'assurance, ne t'inquiète surtout pas, je fais au plus vite, pendant ce temps, tu peux reprendre ta lecture. » Je termine par un « LOL ».

Un commissariat de police américain ressemble à ceux qu'on voit en France, mais en plus grand. Un comptoir gris et massif nous sépare d'un agent au regard de poisson mort. James parle pour moi et raconte au policier une vérité qui, je ne sais pas pourquoi, me paraît un peu arrangée. Quelqu'un nous est rentré dedans alors que nous étions sagement garés sur le parking de l'hôtel. J'affecte une mine de circonstance répétant à l'envi faute de vocabulaire : « *It is incredible*[1]. »

Après quelques questions, où, quand, comment, l'agent compatissant réanime le poisson de ses yeux et s'excuse presque de la mauvaise image de l'Amérique qu'a donné un citoyen un peu lâche.

Puis, après avoir pris la déposition, enregistré mon passeport, rempli un formulaire, il nous laisse partir avec la feuille dûment tamponnée. Côté assurance, me voilà rassurée. James a été parfait,

1. C'est incroyable.

traduisant au mieux mon dépit et obtenant rapidement le document attendu.

Sur le chemin du retour, ma conduite est lente et prudente, mais, tout comme James, je suis faussement décontractée.

— Alors, dites-moi, pourquoi parlez-vous notre langue ?

— J'ai étudié au lycée français de Los Angeles, et ma mère est française, mais je suis né à Medford, Oregon.

— Ah, c'est bien ça, et là vous êtes stagiaire à l'hôtel pour combien de temps encore ?

— En fait, j'étudie à l'école hôtelière de UCLA et j'habite en ce moment à Westwood, juste à côté. Je rentre les week-ends chez moi, il y a un bus direct de l'hôtel qui me dépose à deux blocs de chez mes parents. Plus que deux semestres avant ma *graduation*...

— Et vous voulez faire quoi quand vous serez grand, James ? Diriger un hôtel ?

— Non, je ne pense pas, je voudrais faire du pain.

— Du pain ?

— Oui, trouver de bonnes farines, des farines anciennes, rechercher des blés rares. Les cultiver, mixer des graines, inventer des pains...

— Ah, vous voulez faire du blé avec du pain, c'est ça ? Ah ah, mais pourquoi faire une école hôtelière alors ?

— C'est ma mère, elle veut que je fasse des études sérieuses.

— Ben oui, c'est ce que veulent les mères. J'aimerais bien que Gala fasse des études sérieuses…

— Elle me disait hier soir qu'elle voulait élever des chiens japonais.

— Des chiens japonais ? Première nouvelle…

Ce qui m'est révélé en cet instant n'est pas que ma fille veuille faire de l'élevage de chiens japonais, un désir qui relève du genre d'idées fantaisistes que Gala peut avoir selon les circonstances et les gens qu'elle croise. Non, la révélation est qu'elle ait fait part à James de ses projets professionnels « hier soir », c'est-à-dire à un moment où elle était censée être dans le lobby en train de lire son livre de droguée, prostituée de treize ans. Mon oreille se dilate et j'ose alors la question subsidiaire en réfrénant mon émotion.

— Vous voulez dire que vous vous êtes vus hier ?

Un silence chargé de panique s'installe. James a l'air du benêt qui tente en vain de ravaler une gaffe à faible potentiel de rétractation.

— Euh, en fait on est allés boire un verre au Stardust.

— Vous êtes sortis ensemble hier soir au Stardust, et où est le Stardust ?

— Pas loin, je dirais à une dizaine de miles de l'hôtel.

Mes pensées s'entrechoquent et mettent en équation plusieurs informations contradictoires. Mon assiduité aux épisodes de *Colombo* ou de *Commissaire Maigret* est en train de payer. Je sens James se refermer comme un bernard-l'hermite que l'on retourne, ce qui me paraît être un signe. Le fait que James rentre en bus chez lui à Westwood pour le week-end indique qu'il n'a peut-être pas son permis de conduire, en tout cas pas de voiture.

Comment sont-ils donc allés au Stardust ? J'avance doucement, en exprimant tout haut ce qui me passe par la tête.

— Donc vous vous êtes vus hier soir ? Gala m'a dit qu'elle allait lire.

Du coin de l'œil, je regarde James, il sourit bêtement, reste silencieux, aimerait se tortiller sur son siège qui ne lui en donne pas la possibilité puis se mord l'intérieur des joues…

— Ah oui, oui, maintenant que vous le dites, en effet elle avait un livre avec elle.

J'ignore l'ironie et demande à James s'il a bien pris la voiture pour aller au Stardust. Le pauvre James est en apnée et semble regretter soudain sa compréhension de la langue française, car même s'il répond en anglais à l'aide d'une phrase longue, le hochement de tête signifie OUI dans à peu près toutes les langues.

— Je vais poser ma question différemment, James : qui conduisait hier soir quand la voiture a été percutée ? Vous êtes gentil de repasser au français.

— Le dossier pour l'assurance est complet, tout est en règle. Gala n'y est pour rien. Ne la grondez pas. C'est ma faute.

Connaissant ma fille, j'ai un doute.

— James, s'il vous plaît, qui conduisait ?

— Euh, *actually*, nous deux…

— Comment ça ? C'est soit l'un soit l'autre.

— Euh, disons que Gala était… sur mes genoux.

Aussitôt arrivée à l'hôtel, je déboule comme une furie dans la chambre. Gala a une serviette autour de la tête et un masque hydratant sur le visage qu'elle a pioché dans ma trousse de toilette.

— Vous avez pris la voiture hier soir, James m'a tout raconté. Mais dis-moi, dis-moi… (je l'entends chanter « Que tu m'aimes… ») quand cesseras-tu de me décevoir ?

— Désolée.

— Quoi ? Désolée, c'est tout ? Désolée ? Trop facile d'être désolée.

— Ben oui, désolée, j'y peux rien, c'était pas prévu, j'avais envie de conduire, je te l'avais dit, je t'avais prévenue, et toi, là, tu es en train de me hurler dessus. Comme toujours à me faire des reproches.

Puis, baissant la voix, grommelant :

— Tu sais où est le sèche-cheveux ?

À cet instant précis, je sais que le fait de ne pas avoir de batte de baseball à portée de main m'évite la prison à vie.

James ne veut pas d'histoire. C'est un gentil garçon qui s'est laissé embarquer dans une virée nocturne qu'il n'a pas décidée et qui aurait pu très mal tourner. Le pire a été évité. Gala voulait conduire, mon refus catégorique n'a fait qu'exciter son désir impérieux. Le monde tourne autour de cette loi du désir augmenté par la frustration ou le manque, et qui s'estompe avec l'obtention et la profusion. Ce qui m'effraie (et en même temps me rassure) est sa capacité de conviction qui, heureusement, ne m'est pas exclusivement destinée. Peut-être en fera-t-elle un jour un usage positif… En attendant, ma fille parvient à séduire toute personne qui lui permet d'exaucer ce qu'elle veut. Je me répète que c'est son talent, pas ma faiblesse. Mais je suis le parent, elle est l'enfant. Ne l'ai-je pas rendue ainsi à grands coups d'excès d'attention, de demandes d'avis, de mise au centre de tout, ou tout simplement d'amour ? L'amour maternel est quelque chose d'indulgent, d'éternel et de complètement tordu. Il est lié à cette acceptation immanente d'endurer à nouveau sa propre enfance en changeant de rôle, toutes ces choses qu'on ignore et qu'on redécouvre via son enfant interposé.

Le lendemain, c'est le départ dans notre voiture cabossée.

Nous disons au revoir à James. J'ai droit à un salut poli et distant. Gala se fend d'un *hug* légèrement exagéré qui lui permet de pouffer à l'oreille de son camarade une messe basse en langue étrangère. Malgré cette contrariété que je m'astreins à minimiser, nous échangeons avec James nos adresses respectives en nous promettant de nous revoir un jour. Gala lui lance :

— Bonne chance avec les pains.

Il répond :

— Bonne chance avec les chiens.

Je n'aurai pas beaucoup d'explications supplémentaires concernant cette soirée, seulement quelques bribes de phrases ponctuées d'onomatopées. James aurait soi-disant insisté, n'aurait pas vu l'horodateur, l'aurait percuté « sans faire exprès » face à une Gala crédule et manipulée.

— Je te jure, Maman.

— C'est ça, l'horodateur s'est jeté sur lui, sans compter qu'avec toi sur les genoux, la manœuvre ne devait pas être facile.

— Non, ça allait. Bon, t'inquiète, c'est passé, tout est bien qui finit bien.

— T'inquiète, t'inquiète, facile à dire « t'inquiète ». Un malus à l'assurance et des tonnes de papier à remplir, à envoyer… Et les chiens japonais, d'où ça sort ?

— Suzanna, elle a un shiba inu.

— Et alors ?

— Ben, si Suzanna a un shiba inu, c'est que tout le monde voudra en avoir, alors quand je serai grande je vais faire un élevage de shiba inu.

— D'ici là, ça ne sera plus à la mode.

— Suzanna a toujours une longueur d'avance.

— En tout cas, pas question d'avoir un chien à la maison.

— Miiiiims.

— *No way.*

— Ah ben, tu vois que tu parles anglais quand tu veux.

La dernière partie de notre périple californien avant le retour à San Francisco se déroule à Sausalito, où j'ai réservé une chambre dans un hôtel de charme.

Situé au nord de San Francisco juste après le Golden Gate, Sausalito est une bourgade charmante que l'on peut atteindre plus facilement par la mer que par la terre. Les six voies du pont sont souvent embouteillées, ce qui n'est jamais vraiment le cas de la baie. Après avoir garé la voiture, nous prenons le bateau et nous accostons face aux maisons de bois colorées montées sur pilotis qui donnent à cette arrivée un charme suranné.

Nous dînons chez Poggio, un italien un peu chic qui, comme de nombreux restaurants italiens américains un peu chics, propose avant tout des pizzas sur une planche et des frites dans du papier. L'éclairage à la bougie est flatteur. La pénombre sied aux faux-semblants. Je vais essayer de ne pas passer notre dernière soirée à distiller des réprimandes circonstanciées, on va oublier l'épisode de la voiture. Je vais même tenter de sourire.

Trouver les bons sujets n'est pas chose aisée. Notre conversation ponctuée de longs silences porte sur son collège où elle ne veut pas revenir et sur l'Amérique où elle aimerait vivre.

— Maman, quand est-ce qu'on revient ?

— Nous ne sommes pas encore rentrées, tu veux déjà revenir ?

J'intercepte dans son regard la gratitude après laquelle je cours, je la saisis, je la tiens. Je sais à ce moment-là pourquoi je travaille dur, à quoi je dédie mon énergie, mes sentiments. Cet amour-là me remplit. Il est ma quête. Je cours après cette tendresse-là et les souvenirs qui y sont rattachés. C'était pourtant il n'y a pas si longtemps cette petite enfance pleine d'innocence, faite de jeux et d'insouciance.

Retour à San Francisco. Je rends la voiture à l'aéroport, tous les papiers sont en règle, et je me sens enfin libérée de ce problème. Depuis un moment, Gala s'acharne sur le bâton d'une sucette, un geste qui augure les prémisses d'une contestation. Les *boarding pass* et les passeports sont dans la pochette, et dans ma tête je suis déjà en France.

Après le passage de la sécurité qui dure toujours trop longtemps, nous cherchons l'endroit le plus confortable pour nous poser. Malgré le monde et le bruit, je sors mon ordinateur dans le but de traiter les derniers messages. Dix jours d'absence, quand on dirige seule une entreprise, c'est long, c'est trop long, c'est n'importe quoi.

La connexion se fait automatiquement et l'écran s'ouvre sur la dernière page lue. C'est la boîte mail de Gala. L'intitulé du message est « Hello Gala ». Il vient de Suzanna et je le lis autant par inadvertance que par curiosité.

Ah, Suzanna, la fameuse Suzanna qui anticipe les modes, qui défend ses enfants contre le monde entier et que ma fille rêverait d'avoir pour mère. Que lui veut-elle ?

— J'ai faim, donne-moi dix dollars *please*.

Alors que Gala se lève pour aller chercher un Bretzel au comptoir et que le micro débite d'une voix nasillarde les annonces des vols, je lis discrètement un échange de courriels qui ne m'est pas destiné.

« … cela nous ferait plaisir que ta mère se joigne à nous pour le shabbat de vendredi, j'aimerais beaucoup faire sa connaissance. »

Un shabbat ? Tiens, pourquoi donc, nous ne sommes pas de confession juive, j'ai même passé les dimanches de mon enfance à la messe, et nous sommes tous baptisés dans la famille. Je loue l'ouverture d'esprit de Suzanna, mais je m'interroge sur les raisons de cette invitation à ce dîner. Mais après tout, pourquoi pas.

Gala revient avec deux bretzels, et là je ne peux résister :

— Je suis tombée sur ta messagerie, excuse-moi mais c'est ta faute, tu n'as qu'à fermer ta boîte de réception. Alors comme ça, nous sommes invitées à un shabbat ?

— T'as pas à lire mes mails, dit-elle en engouffrant dans sa bouche la moitié du bretzel.

— Tu peux m'en dire plus ?

Mais les écouteurs sont déjà enfoncés dans ses oreilles si bien que cette dernière question ne s'adresse à personne.

Encore trente minutes avant l'embarquement. Pendant que ma fille remplit sa tête de musique, je parcours les messages divers que je n'aurai peut-être pas le temps de traiter. Tout ça attendra mon retour.

Au milieu de mes mails professionnels, il y en a un qui attire mon attention car il vient de l'école. Son objet est obscur et brutal, « URGENT ». Le directeur me demande de prendre rendez-vous avec son secrétariat au plus vite, pour une raison dont on préfère m'entretenir à l'oral. J'apprécie sa délicatesse à ne pas vouloir nous gâcher les vacances, mais la suite du message me détrompe. Il est question d'une menace de plainte à la police.

Encore ! Ah non, pas la police, on en sort à peine.

Je lève les yeux vers Gala, sa tête dodeline au rythme de la musique dans un tempo saccadé et plein d'insouciance. Une sorte de joie s'est installée sur son visage, presque un demi-sourire. En cet instant, rien ne peut l'arrêter. Elle souffle dans la paille et fait remonter les bulles de coca. Elle est cette adolescente qui erre maladroitement entre innocence et maturité.

À quel moment l'ai-je perdue ? De quoi est faite sa colère intérieure ? Comment nous apaiser ?

Le bruit de l'aéroport est infernal, le micro s'obstine à éructer des informations incompréhensibles, mon monologue intérieur s'estompe. Je voudrais moi aussi me mettre dans une bulle. Vivement demain. Vivement le retour.

Je m'enfonce dans un tourbillon mental : plainte à la police ? Mais qu'a-t-elle encore fait – ou inventé ?

Par leur sonorité autant que par leur sens, certains mots envoient du rêve et des impulsions de plaisir : bio, béatitude, yoga, dividendes… D'autres transpirent l'effroi : viol, restrictions sanitaires, contrôle fiscal… Dans ma liste personnelle, « police » en fait partie.

Je secoue le bras de Gala et insiste pour qu'elle enlève ses écouteurs, ce qu'elle fait en râlant. Les sourcils en accent circonflexe, je lui lis le message du directeur de l'école.

— Mais qu'est-ce que tu as fait ?

— Mais rien, t'inquiète.

Décidément, ça ne s'arrête jamais. J'ai l'impression de passer mon temps à questionner ma fille sur ses méfaits. J'imagine déjà le pire, et j'insiste surtout pour éradiquer les suspicions de quelque chose de plus grave encore.

— Comment, rien ? Pourquoi nous sommes convoquées à l'école ? Et peut-être à la police, si la plainte est déposée. Tu le sais, alors dis-le-moi.

Elle prend la paille de son Coca et commence à la mâchouiller.

— À une condition.

— Tu n'es pas en mesure de fixer tes conditions.

Comme Gala fait rentrer toute la paille dans sa bouche, mâche, regarde en l'air, et ne dit rien, je finis par demander :

— Laquelle ?

— Tu ne me grondes pas, tu ne me hurles pas dessus, tu ne me frappes pas.

— Je ne t'ai jamais frappée.

— Oui, c'est ce que tu dis.

Rien que cette remarque me donne envie de lui en coller une.

— OK, promis.

— Eh bien, j'achète et je revends…

Elle laisse un temps de latence pendant que s'affiche sur mon visage toute la circonspection du monde :

— … des faux.

— Des faux ? (J'essaie de garder mon calme alors que j'exsude l'urgence.) Tu achètes et tu vends des faux quoi ?

— Ben, des faux de tout ce que je trouve de faux qui ressemble à du vrai… Des sacs, surtout.

— Des sacs ? Que tu achètes avec quel argent ?

— Ben à ton avis ? me répond-elle simplement, comme une évidence, sur un ton qui exprime l'impatience liée à ma lenteur de compréhension.

— Aucune idée, et arrête de me parler comme si j'étais une demeurée.

— Ben avec ta carte bleue, comment veux-tu que j'achète sinon ?

— Ben oui, comment, je me demande bien pourquoi je n'y pense pas spontanément.

— Mais pas avec ta carte professionnelle, j'ai pas envie de t'attirer des ennuis, précise-t-elle en sortant la paille en charpie de sa bouche.

— Merci, j'apprécie, dis-je en pensant à la chanson de Brassens dans laquelle il remercie le cambrioleur d'avoir laissé sa guitare. Gala, tu achètes des sacs avec ma carte, tu les vends. Et on te paye en liquide, c'est ça ? Ça doit être rentable. Tu ne peux faire que des bénéfices dans ces conditions.

— Oui, ça marche pas mal. Mais attends, je ne suis pas une voleuse, c'est juste un emprunt, je vais tout te rembourser, d'abord j'ai presque tout vendu.

— Mais tu vends à qui ?

— À qui veut m'acheter, les copines, leur mère, les profs...

— Les profs ? RENDS-MOI ma carte tout de suite !

— Ah, mais elle est dans ton portefeuille, je n'en ai pas besoin, je connais les chiffres par cœur.

— MAIS TU ME VOLES ! Et tu voles les marques aussi, c'est interdit de faire du trafic de contrefaçon.

Pendant que nous parlons de ces choses qui me bouleversent, Gala s'acharne sur un bout de tissu qu'elle semble vouloir réduire en miettes. C'est mon essuie-lunettes qu'elle tord en spirale, mâchouille, pour en faire un truc de forme oblongue qu'elle porte ensuite à son nez pour le sentir, le renifler. Elle respire ce chiffon transitionnel comme un doudou. Un signe qui dit l'enfance et toute la fragilité de son être. Alors qu'une fois de plus, la situation ne s'y prête guère, je suis envahie par une bouffée d'amour pour elle, mon bébé, ma petite fille, ma Gala.

Elle baisserait presque la tête, pour me faire croire qu'elle se sent coupable, mais je sais que l'instant où elle va reprendre la main, sa force sera tyrannie.

— Hé, relax max, j'avais prévu de t'en parler, c'est pas du vol si tu ne t'en rends pas compte, c'est du vol si tu le sais. Et puis ça va, je l'ai fait qu'une seule fois. Regarde tes relevés bancaires et tu verras que c'est vrai. Une seule fois. Allez, peut-être deux, mais pas plus. Et puis tu peux bien aider ta fille à se lancer ?

Je ne prends jamais le temps de vérifier mes relevés bancaires. C'est inconscient, je sais, je fais confiance à la banque. Je tente de maintenir le ton, celui de la mère déterminée. Je crains que ma voix ne déraille, mais c'est d'un trait et sans trembler que je lui exprime fermement :

— À ton âge on se concentre sur l'école, tu n'as pas besoin de faire des affaires, en plus illégales. Tu sais ce que tu risques ?

— Je suis mineure.

— Quand ça t'arrange.

À moins de quinze ans, Gala découvre ce que beaucoup cherchent toute leur vie : une rentabilité simple et rapide, de celle qui ne nécessite que peu d'investissement humain (quelques clics) et encore moins d'investissement financier. Et pour cause, puisque tout ceci se passe à l'aide de ma carte de crédit. Un inconvénient pour moi, un avantage pour ma fille qui sait que sa mère ne portera pas plainte contre elle.

Mon ado se montre à peine penaude face à ma consternation, et même pas contrite face à ma colère. Dans une grimace exprimant l'agacement et l'indifférence, elle remet les écouteurs dans ses oreilles.

À ce moment-là, le micro qui parle du nez annonce l'embarquement.

Gala retire ses écouteurs et me demande, un rictus de semi-dégoût sur le visage, si nous allons « encore » voyager en classe économique comme à l'aller. Comme s'il s'agissait d'une déplorable habitude que je lui ferais subir. Tandis que je me positionne dans la file d'attente, je la vois qui s'échappe, double tout le monde et va au-devant d'une hôtesse stupéfaite. Je suis trop loin pour entendre ce qu'elle lui raconte, et de toute façon son anglais est trop rapide pour ma compréhension. J'intercepte juste le mot « soupevaillesor ».

Gala revient et me demande nos passeports.

— Reste à l'écart s'il te plaît et surtout ne dis rien, précise-t-elle, comme si j'étais capable par mon attitude forcément inappropriée de tout faire échouer.

J'aurai passé ce séjour à maintenir bien vissée une cocotte-minute, avec mes émotions pressurisées à l'intérieur. Un tempérament curieux et une humeur présentement fataliste me poussent à obtempérer.

Au bout de quelques minutes, un steward s'approche de ma fille et de l'hôtesse. Il examine les passeports et boardings. Entre les trois s'échangent des paroles et des sourires. Se peut-il que cet homme qui me regarde maintenant avec compassion soit le « *supervisor* » ? Mais qu'est-ce qu'elle peut bien lui raconter ? Le voilà qui retourne vers le comptoir d'embarquement, tape sur un clavier. Gala me retrouve dans la file d'attente et me chuchote :

— Chut, regarde le sol, prends l'air triste, comme si tu étais malade.

Je lui rappelle qu'il n'y a rien de dramatique à voyager en éco et qu'il faudrait qu'elle arrête de manifester une insatisfaction pour des motifs dérisoires. Je soliloque, arguant qu'il s'agit d'un vol de nuit et que son sommeil d'adolescente, à la différence de mon compte en banque, ne verra aucune différence entre la classe économique et la business.

— S'il te plaît, tu es trop jeune pour être snob, d'accord ?

Je bous. Mais qui voyage en business ? Hein, franchement. Et pourquoi je devrais prendre l'air triste et malade ?

Nous attendons encore une dizaine de minutes. La majeure partie de l'avion a déjà embarqué. Le steward a toujours la tête rivée sur l'écran, l'hôtesse fait passer les derniers passagers. Il ne reste plus que nous deux.

Face à mon impatience et à mon embarras, Gala en profite pour me redire à quel point ces vacances étaient « trop super ». C'est drôle comme les mêmes événements peuvent laisser des impressions différentes. Je l'écoute en me retenant de dire à quel point elles ont été pour moi difficiles, presque éprouvantes. J'ai hâte de retrouver mon agence, mon appartement, ma vie, mon amant foireux. Et de vérifier mes derniers relevés bancaires.

Je ne réponds rien. Je ne dois pas oublier de faire semblant d'être malade. C'est n'importe quoi mais je joue le jeu. Elle va peut-être avoir l'occasion de voir que les choses ne lui sont pas acquises juste parce qu'elle les désire. Et voilà que l'hôtesse revient vers nous avec un sourire, nos passeports et de nouveaux *boarding pass.*

Nous sommes surclassées en business.

— Mais qu'est-ce que tu lui as raconté ?

— T'inquiète.

Neuf heures de vol vont peut-être me donner le temps d'en savoir plus. Sur le shabbat, sur Suzanna, sur son fils Mickaël, sur le mail reçu de l'école, sur les sacs, sur l'utilisation frauduleuse de ma carte de crédit, sur le détail de ses actes de semi-délinquance.

Mais après avoir commandé un *cranberry juice*, actionné le siège pour l'installer en position lit, et tripoté la zapette pour en faire défiler la liste des films, Gala s'endort (ou fait semblant) juste avant le service du repas, le doudou lunette enroulé autour de son doigt.

Et dans la foulée, de guerre lasse, moi aussi.

Je passe la nuit à m'interroger. Elle vend des sacs, bah, la belle affaire. On ne devrait pas la renvoyer du lycée pour si peu. Dans ma tête, je répète mon argumentation, en y mettant de la légèreté : « Oh oui, Gala, elle vend des bricoles, haha, elle a toujours fait ça, petite déjà elle vendait des galets peints, je l'ai toujours encouragée dans ses petits commerces amusants, elle se fait de l'argent de poche comme ça, en rendant service, c'est son truc : rendre service. Gala a beaucoup de goût pour les accessoires de mode, elle veut en faire son métier, les réaliser, les modéliser… bla bla bla », je suis prête.

Quel est le risque ? Au pire un blâme, au mieux une colle ? Ça lui apprendra !

Banlieue parisienne, mars 2008

Le lendemain de notre arrivée, encore perturbées par le décalage horaire, Gala et moi nous rendons à la convocation du directeur.

Le parc de l'école est maintenant verdoyant, l'air est pur, et les oiseaux gazouillent. Les ingrédients de ce printemps augurent le meilleur. Je gare la voiture sous un hêtre en pensant qu'il n'y a là rien de grave, et que quand je serai vieille je rirai des tribulations de mon ado. Cela fera des souvenirs ; au pire nous nous désolerons, au mieux j'en ferai un livre.

Après avoir passé le hall d'entrée silencieux, nous sommes reçues par Mlle de Ferluc, la dame du secrétariat. Sous son grand chignon, celle-ci offre un visage émacié égratigné de petites rides sur lequel s'affiche du renoncement, de l'austérité, et rien d'autre. Mlle de Ferluc nous accompagne au premier étage dans une sorte de salon d'attente où sont disposées trois chaises.

— Attendez là, dit-elle, le père Jeantôt, notre directeur, va vous recevoir.

Le silence est religieux. Gala me glisse alors à voix basse :

— Au cas où, je voulais te dire aussi qu'il m'est déjà arrivé de vendre… un tout petit peu, mais très peu, de… « beuh ».

— Beuh ?

Je n'ose comprendre.

— Ben, de l'her-beuh.

Ma fille prend toujours le même air quand elle s'irrite de ma lenteur ou de mon incompréhension.

— QUOI ?

À ce moment-là, la porte du bureau du directeur s'ouvre sur ma stupéfaction.

— Bonjour madame, bonjour Gala, je vous en prie, désolé de vous faire attendre…

— Bonjour monsieur le directeur, dis-je avec des yeux écarquillés, paralysée par ce que vient de me dire ma fille.

— Pardon, mais j'ai encore besoin de cinq petites minutes supplémentaires, je dépose ceci à Mlle de Ferluc et je suis à vous tout de suite.

Le directeur passe devant nous sans vraiment s'arrêter, laissant Gala amusée par l'effet de sa révélation, et moi tétanisée. Je dis à voix très basse :

— J'ai bien entendu ? Tu vends de la drogue ?

— MAIS NON, pas du tout, juste des mélanges d'herbes. Hé, tranquille !

Inviter une bande de hipsters dans un bar après avoir fugué m'avait finalement fait sourire ; emprunter ma voiture la nuit sans permis et la rapporter défoncée m'avait déjà moins fait rire ; apprendre que ma fille pique dans ma caisse personnelle pour mettre en place un commerce de contrefaçons avait prolongé ma sidération ; mais là nous sommes en train de passer à la vitesse supérieure. Le commerce de faux sacs évolue en vrai trafic de drogue. J'ai la tête de la mère qui s'attend à ce que la prochaine révélation soit que sa fille dirige un réseau de prostitution.

— Tu la mélanges avec quoi la beuh ?

— Avec de la verveine… bio.

Je demeure interloquée, la tête dans les mains.

— Mais pourquoi ?! Pourquoi ?

— Parce que bio, c'est mieux… je ne fais que dans la qualité… c'est toi qui m'as appris ça !

Au moment où je vais pour poser d'autres questions, le directeur revient et, me voyant la tête entre les mains, me demande si tout va bien.

— Légère migraine, dis-je, faisant preuve d'un misérable sens de la repartie.

— Le décalage horaire, dit Gala, nous sommes rentrées ce matin de Californie.

Nous pénétrons dans un bureau tapissé de boiseries, de livres et de tableaux abstraits qui portent la signature du maître des lieux. Le père Jeantôt, qui cumule les fonctions d'ecclésiastique, de professeur de musique et de directeur de l'école, est celui qui a validé l'inscription de Gala en septembre malgré un carnet de notes aux appréciations dissuasives. C'est un homme bien mis, chauve et à l'air austère, bien que prompt à la facétie. On l'imagine clivé, sérieux dans son rôle à l'école, mais son œil qui frise quand il sourit me fait penser qu'il est du genre à pousser la chansonnette après deux Leffe pression. La fine moustache posée sur le pâle traversin de sa bouche rectiligne et son costume trois-pièces lui donnent ce supplément d'autorité sur lequel il mise en nous invitant à prendre place en face de lui.

Gala ne semble pas impressionnée, elle garde un regard froid. Quant à moi, je suis encore sonnée par ce que je viens d'apprendre et qui bouscule l'argumentation que j'avais préparée. Sortir de l'apnée, ne pas se mettre en panique, se caler dans un demi-sourire poli, simuler la confiance, ravaler sa consternation, voilà ce que je tente d'imposer à mes émotions. Cet entretien s'annonce une épreuve.

— Je vous ai demandé de venir car, comme je vous l'ai écrit, nous avons eu l'appel d'une dame qui dit avoir porté plainte au commissariat de police de Cergy-Pontoise.

Bang direct, prends ça, il ne prend pas de gants, ou plutôt si, des gants de boxe.

— Gala m'a tout raconté, je suis désolée.

Encore sous le choc du trafic d'herbes mélangées, je ne sais si je vais devoir affronter l'embrouille d'un faux Balenciaga défectueux ou la plainte d'une cliente mécontente de sa « beuh bio coupée à la verveine ». Si nous devons aller à la police, je crains que le financement du gymnase ne soit pas suffisant pour une totale absolution. Mais dans ces cas-là, pourquoi nous a-t-on fait venir si c'est pour nous signifier un renvoi ? Un simple coup de fil suivi d'une lettre recommandée aurait fait l'affaire. Sadisme de religieux ?

— Nous devons trouver une solution. Il n'est pas question que l'établissement soit entraîné dans cette affaire. Nous entendons conserver notre réputation. Et il n'est pas souhaitable que la police s'en mêle.

Et, s'adressant à Gala :

— Ne me faites pas regretter, Gala, de vous avoir accueillie dans notre établissement.

En mère responsable, je me lance dans mon argumentation répétée la veille.

— Vous savez, nous sommes une famille d'entrepreneurs et j'ai toujours encouragé Gala au travail et à la créativité. Les sacs, c'est mon idée, et il se trouve que c'est sa passion, et faire pousser des herbes aromatiques sur le balcon aussi. De la sauge, de la menthe, de la verveine…

Je reçois un coup de pied dans la cheville, signifiant que peut-être, j'en dis trop et trop vite. Le père Jeantôt poursuit :

— Vous pouvez faire pousser tout ce que vous voulez sur votre balcon et exprimer vos passions comme vous l'entendez. Seulement il ne s'agit pas de cela.

S'adressant à Gala :

— Vous avez prétendu être une professionnelle.

Un nœud se forme dans mon esprit, j'essaie de le dénouer en direct. De quoi parle-t-il ?

— Professionnelle de quoi ?

— Votre fille s'est fait passer pour une photographe professionnelle.

J'essaie de rendre invisible le soulagement qui m'envahit

— Ah d'accord, c'est ça, dit Gala.

Le père Jeantôt, qui remarque mon interrogation, récapitule.

— Gala a proposé à un jeune homme de lui faire son book de mannequin.

— Et ?

— La mère du jeune homme porte plainte parce que votre fille lui a demandé de l'argent.

— Pour ce travail vous voulez dire ? Pourquoi pas ?

Je commence à reprendre la main…

— Et elle s'est fait passer pour une photographe professionnelle travaillant pour le magazine *Vogue*.

Je me tourne vers ma fille.

— Tu as fait ça ?

Je joue les indignées alors que je suis soulagée. Je m'attendais à une accusation de trafic de drogue ou de contrefaçon et j'apprends que ma fille a pris un jeune homme en photo. Je me retiens de sourire.

Gala affiche un étonnement qui ne demande qu'à virer à l'indignation :

— C'est n'importe quoi, j'ai rien fait.

— « Je n'ai rien fait », Gala, pas « j'ai rien fait ».

Ah, si je pouvais dévier la conversation sur le français !

— Je croyais que Gala vous avait tout raconté.

Jeantôt paraît intrigué.

— Vous parliez de sacs et de sauge ? De quoi s'agit-il exactement ?

Se taire, se taire, se taire.

— En fait, je pensais que nous venions pour… pardon, non ce n'est rien, une chose sans importance.

N'en rajoutons pas. Je souris nerveusement. Mon sourire n'est pas suffisant et les quelques secondes de silence qui s'écoulent sont interminables, elles accentuent mon trouble, confirment mon absence d'imagination et laissent un Jeantôt en attente, interrogatif, comme suspendu en l'air.

— Madame, nous devons garder un œil vigilant sur ce que les élèves font de leur temps libre.

Gala, armée de sa plus belle audace, le bras plié, le plat de la main face au directeur, se défend :

— Monsieur Jeantôt, je n'ai rien volé du tout, je le jure.

Gala s'arrange toujours avec la vérité, chez elle, tout est un peu vrai autant qu'un peu faux. Le fait de jurer face à un représentant de la communauté catholique ne va pas arranger les choses même si son plus grand atout a toujours été le bénéfice du doute.

— Vous vous expliquerez avec la mère du garçon. Son fils lui a donné votre nom, elle vous a retrouvée sur les réseaux sociaux où l'on peut voir sur votre profil que vous êtes scolarisée chez nous…

La balance. Je reprends la main.

— OK, mais où est l'arnaque ? Je ne vois pas vraiment où est le problème !

— Ce n'est pas à vous d'en juger. Il s'agit tout de même d'une plainte et d'une convocation à la police, ce n'est pas rien. Je vous ai demandé de venir pour vous informer de cette plainte, et vous donner le téléphone de Mme Orlingat, la mère du jeune homme, qui, elle, voit où est le problème, et surtout… (là, Jeantôt marque un temps d'arrêt et se tourne vers Gala)… j'ai besoin d'entendre votre version des faits.

Après tout, si ma fille parvient à embourber un responsable de compagnie aérienne pour être surclassée, si elle parvient à écouler des stocks de faux sacs de marque, si elle vend de la verveine bio au prix du safran, si elle finance ses élucubrations en se faisant passer pour une photographe de mode, elle devrait savoir raconter au directeur de son école une version des faits qui ne l'accable pas trop.

J'en viens à invoquer son talent d'embrouilleuse.

Nous quittons l'école dans le silence qui précède l'orage. L'atmosphère se dilate exsudant une artificielle quiétude. La pierre grise du prieuré transformé en pensionnat reflète un ciel bas malgré un printemps bien installé. Des éclats de lumière traversent les feuillages. Les silhouettes géantes des arbres s'ébrouent dans le vent. Mon regard s'évade, mon esprit le suit. Je mesure cet instant de nature qui contraste avec la rugosité des circonstances. L'autorité encore frémissante de Jeantôt, le décorum de l'école, les circonstances délétères m'indiquent que le moment pourrait être propice pour un recadrage en règle. Il faut marquer le coup. C'est sûr.

Elle va m'entendre.

Mais j'ai besoin d'abord d'explications dans le calme. Surtout, ne pas se précipiter, éviter les remontrances dans la voiture, gérer l'énervement, préparer les griefs circonstanciés, donc attendre…

Nous nous dirigeons vers la voiture, nos regards ne se croisent pas, mais le léger sourire qui traîne encore sur son visage me fait dire qu'elle semble satisfaite de sa prestation et que ses aveux aux accents sincères ne doivent avoir rien de répréhensible. Mais si au cours de cet entretien il n'a jamais été question du trafic de sacs ou d'herbes, je crains que cette escroquerie à la photo ne représente que la partie visible de l'iceberg.

J'ai l'impression de barrer le *Titanic*.

La gravité de cette gentille duperie n'est rien, comparée à ce que l'école risque peut-être de découvrir un jour.

— C'est le moment, dis-moi tout maintenant. Tu as raconté à M. Jeantôt ce que tu as voulu, et tu as réussi à faire passer ce pauvre garçon pour un débile. Allez, Gala, je t'écoute, envoie les sous-titres.

— J'ai dit la vérité à Jeantôt, je n'ai juste pas donné tous les détails. Je croise un garçon…

— Où ça ?

— Sur Facebook. Il veut être mannequin, il cherche quelqu'un pour faire son book, il dit qu'il est prêt à payer pour ça, car il veut avoir des photos de qualité. J'ai trouvé ça intéressant, alors gentiment je me suis proposée.

— Comme photographe « de qualité » ?

— C'est ça.

— Donc si je comprends bien, tu t'es « gentiment » fait payer pour faire des photos de ce garçon ?

— Maman, des photos, c'est ce que tu fais tous les jours !

— Oui, mais moi c'est mon métier, et tu lui as pris combien à ce benêt ?

— Cinq cents euros… ça va !

— Qu'est-ce que je vais apprendre la prochaine fois ? Que tu as piraté la Nasa ? Que tu as des comptes à l'étranger ? Que tu planques de la cocaïne dans la cuisine ?

Elle m'interrompt.

— N'empêche tu as bien failli tout faire foirer quand tu as parlé des sacs et de l'herbe au directeur.

— Ça va être de ma faute maintenant !

— J'avais complètement oublié ce shooting.

— Quand il connaîtra le reste de tes activités extrascolaires, il sera moins sympa. Tu vas me faire le plaisir de préparer une lettre d'excuse.

— M'excuser de quoi ?… Et ça peut rapporter quoi de pirater la Nasa ?

Agacée, je ne réponds pas. Mais après quelques minutes de silence, elle m'interroge :

— C'est quoi la Nasa ?

Paris, mars 2008

Dans la rue, je croise Mme de Saint-Gobain. Une figure du quartier, connue pour son port de tête un peu raide, ses serre-tête en velours et son nom d'épouse aux accents de capitaine d'industrie. Ma Gala et sa fille, Gwenola, étaient dans la même classe de CP et, à l'époque, nous avions décidé de les prendre en alternance un vendredi sur deux pour un déjeuner spécial stimulation. Une façon d'échapper à la cantine que Mme de Saint-Gobain ne trouvait pas assez « légumes verts », mais surtout une occasion de faire progresser nos filles par des exercices d'éveil.

Mme de Saint-Gobain aspirait à l'excellence pour Gwenola. « C'est bien comme ça que ça marche aujourd'hui, n'est-ce pas ? » avait-elle affirmé l'air entendu. « Bien évidemment », avais-je acquiescé, induisant que telle était la façon dont j'avais été éduquée, et ma mère sur son balai avait traversé soudain mon champ de vision.

Bien sûr, ma charge professionnelle croissante ne m'avait pas permis de remplir ce rôle aussi bien que l'imaginait Mme de Saint-Gobain. Ainsi, une fois tous les quinze jours, dans l'hôtel particulier des Saint-Gobain, Gwenola et Gala écoutaient des poèmes et des extraits d'œuvres littéraires que Marie-Liesse, étudiante en hypokhâgne, leur récitait. S'ensuivaient des exercices d'anglais, histoire de se faire l'oreille et, selon le temps qu'il leur restait, Marie-Liesse proposait quelques jeux de logique pour se détendre, le tout sur fond de Pergolèse ou de Mozart, et au-dessus d'un poisson d'élevage poché accompagné de légumes bio.

Une fois ou deux, je m'étais acquittée plus ou moins honorablement de cette tâche, mais très vite j'avais délégué à Gisèle, la nounou ch'ti, le soin de me remplacer.

Ce n'était pas l'accord initial, certes, mais je n'avais pas le choix, car pas le temps. Gisèle n'avait pas les manières de Marie-Liesse et ne s'embarrassait ni de phrases, ni de discours, ni même de mots, encore moins de plats inutiles qu'elle aurait dû nettoyer après le repas. Pour plus de simplicité culinaire, et surtout pour ne rien rater de son programme télé, elle balançait dans le micro-ondes un cordon-bleu à la dinde et sur la table un sachet de chips. Ensuite, elle plantait Gala, Gwenola et sa planche à repasser devant son feuilleton préféré.

Un soir, chez les Saint-Gobain, juste avant les publicités, Gwenola, six ans, hurla sa joie en reconnaissant le générique musical. « *Les Feux de l'amour* ! » cria-t-elle en frappant des mains (peut-être avec un accent ch'ti) devant des parents médusés et un majordome amusé.

Furieuse, Mme de Saint-Gobain avait mis fin à cet échange de déjeuners un peu brutalement, et avait rappelé à sa fille que les chips, la télévision et les expressions comme « à la revoyure » étaient interdites dans leur maison.

Huit ans plus tard donc, me voilà devant Mme de Saint-Gobain et son serre-tête.

Elle me demande des nouvelles de Gala avec cette pointe de componction qui me fait comprendre qu'elle est au courant de ses agissements périscolaires et des changements d'établissements. Paris est un village. Elle a envie d'en savoir plus et, jouant sur la connivence et la solidarité, me pose des questions auxquelles je n'ai pas envie de répondre. Elle ne peut s'empêcher de me demander si c'est pour des histoires de drogues que Gala a changé d'école.

— Ah non, pas ça, c'est impossible.

— Pourquoi impossible ? répond-elle

Elle me souhaite un bon courage et une bonne journée.

Alors qu'une bouffée de sentiments passablement haineux m'envahit, je la vois qui opère un demi-tour et revient vers moi.

— Est-ce que par hasard votre fille vend toujours des sacs ?

Alors je prends cet air agacé espérant mettre un point final à la conversation :

— Ma fille ne prend pas de drogue, elle ne vend pas de sacs non plus. Bonne journée à vous aussi.

Je serre les dents et m'éloigne en chuchotant un « connasse » qu'elle n'entend pas ou fait semblant de ne pas entendre. Je crois distinguer « c'est ça, que tu crois », que je fais semblant de ne pas avoir entendu.

Bien sûr, le coup bas de la Saint-Gobain dont je ne connaîtrai jamais le prénom me met à terre. Elle n'a jamais digéré *Les Feux de l'amour* et s'autorise cette vengeance facile qui pose une chape de plomb sur nos relations polies. Mais il faut que j'arrête de regarder le doigt et que je me concentre sur la lune, car s'il est de notoriété publique que ma fille vend des faux sacs, je n'imagine pas une seule seconde que son commerce illicite se diversifie vers du plus lourd. La police de la contrefaçon ou la brigade des stups ? C'est comme choisir entre la peste et le choléra.

Un juriste pourrait me dire les risques d'un commerce illicite opéré par une mineure dont je suis responsable.

Un informaticien spécialiste de « e-réputation » pourrait nettoyer la toile des impostures commerciales de ma fille.

Un conseiller d'orientation pourrait suggérer la voie scolaire la mieux adaptée.

Mais comme une ampoule qui s'allume au-dessus de ma tête, j'ai soudain la certitude que la personne dont j'ai besoin immédiatement et qui pourrait me donner les conseils les plus avisés, c'est un psy !

Avec son point de vue distancié, neutre et légitime, n'est-il pas le parangon de la vérité et des solutions qui vont avec.

Pour le juriste, le nettoyeur et le conseiller d'orientation on verra plus tard, mais pour le psy, je ressens son intervention comme une urgence.

A priori, il s'agit d'une démarche qui n'engage rien d'autre que le montant de quelques émoluments et un peu de disponibilité. Mais c'est quand même une prise de risque mentale dont on peut ressortir modifiés.

Je rentre à la maison à grands pas en espérant ne rencontrer personne du quartier qui m'interroge sur les activités annexes de ma fille, tout en me remémorant mes expériences en matière de psy.

En effet, ce n'est pas la première fois que je sollicite un professionnel du divan pour colmater les brèches de mes errances pédagogiques ou sentimentales. Dans le temps, la moindre rupture amoureuse m'envoyait chez le psy en courant et en pleurant. J'arrêtais les séances du jour au lendemain, dès que s'annonçait une nouvelle romance... ou une réconciliation (mais là c'était la honte qui me faisait arrêter).

Seul le docteur Mulot a duré plus longtemps que les autres et m'a accompagnée dans la traversée des différents gouvernements qui ont dirigé mon cœur. Je calais mes séances entre deux rendez-vous, toujours pressée. Je me revois quitter une réunion, courir au parking, sauter dans ma voiture, affronter les embouteillages, me garer mal et loin pour la hauteur de mes talons, avant d'arriver en nage et en retard à son cabinet. À mon premier retard chez Mulot, j'avais ressenti une panique doublée d'une culpabilité qui était précisément l'un des objets majeurs sur lesquels je devais travailler. Il y avait d'abord eu ce premier retard, puis un autre, quand il n'y avait pas un oubli ou une annulation de dernière minute.

Nous avons fini par nous habituer aux séances raccourcies et aux rendez-vous annulés ou tout simplement oubliés.

Surtout Mulot.

La séance était due (en liquide de préférence, comme l'exige un tacite règlement, l'efficacité semblait être à ce prix) dès l'instant qu'elle était programmée. Qu'elle soit honorée ou pas.

Mulot était un psy à l'ancienne tout à fait conforme aux stéréotypes de l'imaginaire populaire. Petit, joufflu, myope, un visage à la peau granuleuse qui avait gardé le souvenir d'une acné négligée, et des cheveux en corolle autour du bas du crâne desquels tombaient éparpillées quelques poussières blanches. Son apprêt général semblait froissé, tout comme l'était son costume. Un laisser-aller apparent qui contrastait avec la seule coquetterie visible par un œil scrutateur : ses souliers étaient toujours impeccables et de la meilleure facture. Crade et fou de pompes, tel était Mulot. J'avais déjà noté qu'il observait les miennes avec l'envie refrénée de m'en faire un commentaire.

Grand soin, ou vénération, la frontière était ténue.

Sur l'air de « un psy est un homme comme un autre », dès les premières minutes de nos rendez-vous, je l'avais imaginé en fétichiste de la chaussure. Mon esprit vagabond et déconcentré le voyait en train de remplir de champagne l'escarpin d'une créature semi-dénudée aux prestations tarifées. Moyennant un extra et un coup de fouet, celle-ci l'autorisait à boire le breuvage par le talon. Il obtempérait, levait le coude, jetait sa tête en arrière et buvait jusqu'à la dernière goutte le champagne dans le soulier. L'image s'arrêtait là. Je revenais sur terre brutalement et ouvrais les yeux sur un docteur Mulot réel et incarné.

« Que ressentez-vous ? » disait-il régulièrement. Et dans ces cas-là, la seule réponse qui me venait en tête, mais que je ravalais aussi sec, était : « Une envie de rigoler, Mulot. »

Pourquoi mon cerveau me jouait-il de tels tours ? Plus il m'apparaissait en situation d'humiliation, moins ses mots étaient crédibles – déjà qu'ils étaient rares.

Au bout de cinq annulations de dernière minute pour motifs professionnels, j'avais annoncé par téléphone au docteur Mulot mon souhait d'arrêter ma thérapie, invoquant le manque de visibilité de mon emploi du temps et mes absences répétées. « Mais enfin, vous ne pouvez pas faire ça, voyons-nous pour en parler. »

J'avais cédé, et nous avions repris nos rendez-vous ratés, raccourcis ou annulés. Je le regardais croiser ses jambes courtes, dévoilant des Church briquées que je ne lui connaissais pas, et dire d'un ton qui n'appelle aucune objection : « Mais qu'y a-t-il de plus important que vous ? » C'est ici que j'avais compris que le docteur Mulot était prêt à n'importe quoi pour garder la seule patiente qui payait et ne venait presque pas.

Face aux doutes qui soudain avaient envahi mon visage, il avait ajouté, drapé dans sa certitude : « Madame, toute sortie est définitive. » La culpabilité m'avait alors engloutie pendant qu'un silence prolongé s'était avéré suffisant pour que cet homme comprenne qu'il était en train de perdre son bras de fer. Pendant ce long moment, je l'avais visualisé penaud, face à la pute triomphante qui, remettant à son pied l'escarpin encore humide de champagne, lui assénait une dernière insulte avant de tourner les talons.

Non, en effet, il n'y avait rien de plus important que ma fille et moi-même, bien sûr, mais présentement, mon travail était une chose avec laquelle je devais composer.

J'étais sortie libérée, soulagée, de cette dernière séance en me disant que seule ma fille pouvait se vanter d'avoir sur moi le monopole de l'emprise.

Quelques années après l'abandon de ce « rendez-vous avec moi-même », j'étais à nouveau en recherche urgente d'une nouvelle béquille, pour ne pas dire d'un sauveur, si tant est qu'un psy soit en mesure de nous sauver ma fille et moi. Impossible de retourner chez Mulot, qui certainement m'aurait reprise bien qu'il ait précisé le caractère définitif de ma sortie. Mais agacée par son chantage au non-retour et préalablement encombrée par mes visions obsédantes, je décide de rechercher un psy ou plutôt une psy. (Il me plaît de croire que les femmes sont plus fines pour comprendre les autres femmes.) Et, si je veux honorer facilement le calendrier de mes séances, il me faudrait trouver une femme psy géographiquement proche.

Un mélange de recommandations, d'intuitions et de localisation m'amène au cabinet appartement de Mme Marin, spécialiste des thérapies comportementales de courte durée.

Notre première entrevue confirma ce bon choix.

La douceur des mots, les yeux qui rencontrent les vôtres et vous renvoient leur chaleur, cette façon de positionner les jambes sur le côté, le bracelet discret au poignet, l'absence d'alliance à la main gauche, une distinction désuète, Mme Marin est enveloppée d'un lilas discret que je reconnais parce que nous portons le même parfum.

Après vérification des pieds et souliers, histoire de ne pas se perdre dans les mêmes délires qu'au sujet de Mulot, j'attaque :

— Je viens vous voir au sujet de ma fille, Gala, pour elle, pas pour moi.

— Bien sûr, dit-elle.

Je raconte en détail mon impuissance et mon manque de temps, son intolérance à toute forme d'autorité et l'inconséquence dont elle fait preuve, les dangers qui la menacent, la police à nos portes. L'épisode de l'autoroute américaine me fait ressentir de la honte. (Elle doit en voir d'autres, je tente de me rassurer.) Le trafic des faux sacs la fait sourire, moins celui des plantes médicinales. Le père absent depuis longtemps.

Je lui balance ça d'une traite, avec l'impression libératoire de lui refiler d'un coup le mistigri. Formuler ce résumé me soulage. Elle attend la suite. Tout y passe. La famille, le village, les mauvais choix amoureux, les états d'âme, les débordements, l'envie parfois de tout quitter, de redevenir libre, sans ces entraves que j'ai moi-même tissées.

Ma vie sentimentale actuelle ? Compliquée, épisodique, impossible.

Et d'expliquer comment chaque candidat à l'éradication de mon célibat se voit renvoyer dans les filets de la manière la plus intraitable. Passivement agressés et sommairement exécutés, les pauvres amoureux renoncent poliment à poursuivre toute relation, ils disparaissent, découragés. Voilà pourquoi je ne présente ni n'évoque le dernier en date. Un joli garçon que je tente de préserver tant bien que mal et qui risque de ne plus être dans le « *game* » lors de notre prochaine séance.

Mme Marin propose de m'aider à me retrouver dans un premier temps. Ensuite, elle souhaite rencontrer Gala très vite. En attendant, en bonne psy, elle me rassure et termine la séance en me disant exactement ce que j'ai envie d'entendre.

En partant, dans l'escalier, je croise Mme de Saint-Gobain. Nous aurions aimé ne pas avoir à nous saluer. Mais faire semblant de ne pas nous voir est impossible. Nous sommes toutes les deux un peu gênées car, en plus du cabinet psy, cette adresse abrite aussi celle d'un chirurgien esthétique dont la plaque discrète se vante de « méthodes américaines ». En dessous, écrit en tout petit, un œil acerbe et concentré pourrait même y lire « réparation vulvo-vaginale ».

L'idée d'avoir la même psy que Mme de Saint-Gobain me rend mal à l'aise. Elle doit se plaindre des mères indignes du quartier incapables de tenir leurs filles et qui les bourrent de nuggets de poulet avant de les planter devant des feuilletons populaires, histoire d'avoir la paix.

À moins que Mme de Saint-Gobain se rende plutôt à l'étage du chirurgien dans le but de réparer discrètement les outrages du temps ou ceux de ses accouchements.

À cet instant-là, c'est peut-être aussi ce qu'elle se dit de moi.

La nuit qui suit cette séance chez la nouvelle psy me fait dire que la démarche était, sinon nécessaire, du moins vertueuse. Je dors longtemps et n'entends ni la sonnerie du réveille-matin ni celle du téléphone. Quand j'ouvre un œil, je me sens toute neuve, comme un linge sali qui ressort de la machine, immaculé, tout frais. Le message que je m'apprête à écouter tranquillement ce vendredi matin en prenant mon petit déjeuner ne vient pas de l'agence mais d'un numéro inconnu. Le ton est sec mais la voix chevrote.

Je me présente, je suis Mme Orlingat, j'ai eu votre numéro de téléphone par l'école de votre fille Gala. Je l'ai retrouvée grâce à Facebook. Merci de me rappeler, nous devons régler un problème ensemble.

En même temps, ce n'est pas comme si je ne m'y attendais pas. Le directeur de l'école m'avait prévenue.

Quand je la rappelle, Mme Orlingat retient une colère impatiente. Elle refuse de retirer sa plainte avant d'avoir récupéré la somme investie par son fils dans l'élaboration de son book de mannequin.

Elle manque d'être menaçante. Je la calme, je la comprends, oui bien sûr, voyons-nous.

Le rendez-vous est fixé le lendemain, samedi, en fin de journée au Starbucks de l'avenue de l'Opéra. D'ici là, Gala sera rentrée de sa pension. Je tiens à ce qu'elle soit présente. Les réprimandes venant d'autrui sont les bienvenues. Avec un peu de chance, Mme Orlingat va sévir verbalement, enfin j'espère.

Ignorant mon accueil tout en remontrances au sujet des photos vendues à ce pauvre apprenti mannequin et la confrontation à venir avec sa mère en colère, Gala suggère que nous poursuivions justement par un safari shopping au Printemps.

— Pour te féliciter ?

— Non, pour la soirée chez les parents de Mickaël vendredi prochain.

À l'heure dite, nous sommes attablées à l'extérieur avec un café latte. Nous attendons. Je regarde ma montre, c'est le week-end, j'ai du travail et je dois repasser à l'agence.

Un énorme bus rouge à deux étages pour touristes est à l'arrêt sur la file prioritaire, il nous fait de l'ombre, les feux de position clignotent. Le bus est vide.

— C'est dingue que ces trucs-là aient le droit de rester stationnés en plein milieu de l'avenue. Que fait la police ?

Pour ce rendez-vous, ma fille porte une tenue d'adolescente pas encore sortie de l'enfance, un pull Hello Kitty dont j'ignorais l'existence et des babies plates, blanches et festonnées. Elle qui d'habitude me pique mes talons et mes vestes semble subitement avoir onze ans.

Soudain, dans un surgissement inattendu apparaît un petit bout de femme à la silhouette compacte. Elle balaie le regard à droite, à gauche, avant de planter ses yeux sur nous. Ce que nous supposons être Mme Orlingat s'approche l'air sévère.

La cinquantaine crispée, l'allure masculine, la tête vissée entre les épaules, un visage carré entouré de frisottis grisonnants retenus sur le front par des lunettes de soleil aviateur.

Elle est venue seule. Elle examine ma fille avec attention, l'air d'évaluer le degré de naïveté de son fils. Peut-il y avoir une confusion entre cette enfant assise en face d'elle et une photographe du magazine *Vogue* ?

Après de fraîches civilités, Mme Orlingat récapitule froidement la situation. Le ton est glacial et la colère bridée :

— Votre fille s'est fait passer pour une photographe professionnelle, et a demandé de l'argent à mon fils pour soi-disant faire des photos.

Je précise que le jeune Stéphane Orlingat a recherché un photographe sur les réseaux sociaux, que ma fille s'est proposée et que dans le cadre d'une offre et d'une demande il s'agit d'un accord bilatéral. J'ajoute qu'il aurait pu être mis en contact avec quelqu'un de beaucoup plus malhonnête, voire dangereux : un esprit radicalisé, un dealer peu scrupuleux, un tueur en série… Juridiquement, ma fille ne peut être accusée de quoi que ce soit.

Par cette sortie, inconsciemment dédiée à ma fille, j'entends m'élever au niveau de Suzanna qui excelle dans l'art de défendre ses enfants. Je poursuis en disant qu'il n'y a pas à proprement parler d'arnaque commerciale dans la mesure où, à la suite d'un accord, il y a un travail rendu, plutôt honorable.

Je colmate les brèches de mes déficiences pédagogiques en nettoyant une fois de plus les scènes de crimes de ma fille, afin qu'elle voie à quel point ma solidarité est indéfectible face à l'adversité. Pour l'instant, Gala ne dit rien, elle se contente d'écouter, mesure ma capacité à la défendre, jauge l'accusation. Derrière son air faussement penaud, je vois bien qu'elle s'amuse de mes effets d'argumentation.

— Les photos existent, elles ne sont pas si mal, dis-je en sortant mon téléphone et les faisant défiler. Il est mignon votre fils, c'est un beau garçon.

Mme Orlingat se déride un peu quelques secondes le temps de rajouter :

— Oui mais c'est un naïf.

— S'il s'agissait de faire de lui une série d'images supposées montrer sa photogénie, c'est plutôt réussi, non ? Madame, personne n'a forcé votre fils majeur et consentant à accepter la transaction et à se prêter au jeu d'une prise de vue. En plus, on voit bien que ma fille est une enfant. Votre fils aurait pu rebrousser chemin en la voyant.

— Mon fils a fait confiance à votre fille.

— Un jeune homme de dix-neuf ans spolié par une enfant d'à peine quinze ans ?

— Mais elle a menti, elle n'est pas une photographe de *Vogue*, s'indigne Mme Orlingat en rejetant en arrière une boucle rebelle.

— J'ai dit que j'étais une photographe en vogue, pas de *Vogue*, il a mal compris, interrompt Gala qui essaie de caser un bon mot mal à propos.

J'interviens par un « stop » supposé mettre fin à la conversation et à l'humiliation de ce pauvre garçon.

— Madame Orlingat, votre fils est un peu naïf, il est jeune, et même si l'exécution du travail demandé a été bien effectuée, je voudrais régler ça au mieux. Ma fille va rendre à votre fils le montant qu'elle a perçu.

— Moi ? Pas ques..., réagit Gala.

— Chut chut chut, je l'interromps.

Assez argumenté, je sors mon carnet de chèques, présente mes excuses à Mme Orlingat et lui souhaite que son fils réussisse dans le mannequinat si tel est son rêve. Pour nous faire pardonner, il peut utiliser les photos de Gala s'il le désire, pour les présenter aux agences. Je voudrais partir, mais Mme Orlingat n'entend pas s'être déplacée pour rien. Elle veut être écoutée, s'expliquer.

Elle me remercie et nous parle un peu de son fils, qu'elle élève seule et pour lequel elle semble avoir un amour fou.

— Il rêve de partir à l'étranger, en Amérique, comme beaucoup de jeunes, dit-elle. Alors j'économise pour ses études. Je travaille dur et lui il fait des petits boulots en attendant.

Étrange conversation au cours de laquelle Gala demeure prostrée et attentive, les yeux baissés. Ce n'est pas facile. La voix de Mme Orlingat tremble un peu. Mon Dieu, faites qu'elle ne pleure pas. J'ai la larme d'autrui contagieuse, c'est désolant. Heureusement, sur le fil, elle se reprend. Puis, après avoir posé un sourire sur son visage, Mme Orlingat nous salue car elle doit repartir travailler, sa journée n'est pas terminée. Nous la voyons contourner le bus rouge, prendre place sur le siège conducteur, remettre ses lunettes sur son nez, et démarrer en trombe.

Je me sens gênée, confuse et une vague de tristesse m'enveloppe.

Gala s'acharne sur la paille de son café latte, soudain mal à l'aise, le silence lourd qui s'ensuit le prouve. Je le romps en en remettant une dernière couche :

— Cette femme est chauffeur et guide touristique, elle passe ses journées dans un bus à aller de Montmartre aux Champs-Élysées pour montrer Paris à des touristes asiatiques et toi tu piques cinq cents euros à son fils.

— Oui, mais avec mes photos, il va faire un carton.

Sur le chemin du retour, je suis mutique et perdue, comme à chaque fois, et en même temps…

— Bon alors, dis-moi maintenant, qu'as-tu fait de ces cinq cents euros ? Tu les as toujours ou ils ont été investis dans la verveine et les faux sacs ?

Gala ne lâche pas les informations comme ça. Même si je m'attends à tout, je dois batailler pour lui soutirer les détails qui me permettront de reconstituer la vérité.

— D'abord, tu me promets que tu ne vas pas me gronder. Promis ? Allez, promets-moi.

— Non mais c'est trop facile, tu fais une énorme bêtise et je dois te promettre à chaque aveu de ne pas te réprimander. Mais si je ne te punis pas, qu'est-ce qui va t'empêcher de recommencer ? Comment je peux te promettre que ce que tu fais n'aura jamais de conséquence ?

Je m'emballe toute seule, je ne connais pas son secret mais il m'agace déjà.

— C'est quoi ta question ?

— C'est quoi ta bêtise ? Allez, je t'écoute, le plus tôt je saurai…

— Le plus tôt tu auras digéré… Bon, tu ne le répètes à personne ? Jure !

J'ai envie de jurer que je vais lui en coller une, oui.

— Mais comment tu ne comprends pas que la seule personne à qui il serait important de le cacher, c'est moi.

La mère sauvage qui m'habite est en train de sortir de mon corps.

Allez. Vas-y. Envoie.

— Je me suis fait faire un tatouage

— Quoi ? Un tatouage ? Mais où ça ?

— À côté de l'école.

— Non, je veux dire, tu t'es fait tatouer quoi ? Et où ?

— Sur l'épaule, un tout petit truc.

— Mais un tatouage c'est pour la vie. Tu es mineure, c'est interdit. Qui te dit que dans vingt ans tu auras toujours envie d'avoir ce tatouage ? Et même dans six mois ? Alors tu t'es fait tatouer quoi exactement ? Montre-moi !

Elle soulève son pull Hello Kitty, relève son tee-shirt pour dévoiler une épaule au grain de peau tendre dont l'uniformité est accidentée par deux mots. L'expression que Gala affiche sur son visage en cet instant précis se situe à mi-chemin de sentiments paradoxaux, à savoir la honte, la fierté et la provocation.

Mon expression à moi n'exprime qu'un seul mot : consternation. Je n'ose comprendre ce que je lis.

— CARPE DIÊN ? Mais c'est quoi ça ? Tu le sors d'où ?

— Mais Maman, c'est toi qui m'en as parlé, cueille l'instant présent, c'est bien ça ? C'est grâce à toi. Ça m'a bien plu, alors…

Je demeure interdite devant l'inscription que je perçois comme le clin d'œil d'un tatoueur en proie à une créativité qui dérape, à moins qu'il ne s'agisse d'une erreur d'aiguillage si on peut dire. Les deux mots sont inscrits en lettres capitales sur son épaule droite, entourés d'un cœur transpercé d'une flèche. C'est plutôt vilain, un brin amateur, et ça ne va pas du tout.

— Tu veux dire carpe diem.

— Oui, c'est ça, carpe diem.

— Mais ce n'est pas ce qu'il y a écrit !

— Ah bon ?

Je me souviens en effet de lui avoir expliqué ce que signifiait carpe diem. Nous étions en voiture et j'étais partie dans un long monologue sur les épicuriens et le poème d'Horace. « Profite sans te soucier du lendemain » était ce qu'elle en avait retenu alors que je pensais qu'elle ne m'écoutait pas. Comme quoi les mots et les idées faisaient leur chemin, et sur ce plan-là je m'en réjouissais. Mais pourquoi donc a-t-il fallu qu'en passant devant la devanture d'un tatoueur, ces mots, cette idée, rentrent dans l'épiderme de ma fille pour toujours ?

— Comment tu as fait ton compte ? Et où est-ce que tu t'es fait faire ce tatouage ?

— Chez des Chinois.

— Ah non, ce ne sont pas des Chinois qui ont écrit ça comme ça.

— Ben qu'est-ce t'en sais ?

— Parce que ce sont des Vietnamiens. Ils ont écrit Carpe Diên comme Diên Biên Phu.

— Ça veut dire quoi ?

Après Horace, je lui raconte l'Indochine, Le Viet Nam, le Tonkin, le rôle de la France, la défaite, les accords de Genève et, quand je m'emballe sur les questions coloniales en général, la voilà qui décroche. Je l'ai perdue. Partie ailleurs, dans ses rêves de préadolescente rebelle.

Je dépose à la maison une Gala penaude, contrite et, surtout, vexée d'avoir inscrit sur son épaule et pour la vie un mot avec deux fautes d'orthographe.

Le samedi après-midi, je vais souvent à l'Agence. J'y suis seule et tranquille. Pas de sollicitation, pas de téléphone, pas de « Est-ce que je peux vous parler ? ». Je sais que je devrais insister auprès de Gala pour que nous allions au musée ensemble, faire une expo, se promener dans un jardin, parler, aller au cinéma, mais comment convaincre une adolescente en recherche d'autonomie et de frictions parentales de partager avec sa mère une activité forcément « relou » ? De toute façon, je n'en suis plus à une culpabilité près ; entre ma fille, mon travail et ma vie personnelle, j'ai le choix. Sauf que là, il faut absolument que je termine la recommandation stratégique de notre client Unifoy.

L'Agence est vide et, avec le silence qui règne, mon attention est attirée par des détails que je ne perçois pas aux heures ouvrées : une griffure sur le mur, des vitres qui auraient besoin d'être lavées, une lumière allumée, un bureau bien rangé, tel autre resté dans sa pagaille, une feuille oubliée dans la photocopieuse…

L'Agence, c'est mon accomplissement, ma chance, mon travail, et peut-être un jour, si tout va bien, mon complément de retraite. En attendant, c'est l'arène où l'on se bat, mais aussi un bel endroit dans lequel on se sent bien, ensemble, avec « mes » filles. J'aime à le croire.

Un esprit helléniste habite le lieu : des représentations graphiques, des couleurs vives et des clins d'œil à la mythologie grecque. Tout y est cohérent, jusqu'à la couleur des moquettes qui s'harmonise avec celle des plafonds.

Au premier étage se trouve la production, au deuxième la « créa » et la rédaction, au troisième la salle de réunion, mon bureau et celui de mon assistante. Au dernier étage, il y a un coin cuisine et trois petits bureaux, une solution de repli pour qui veut s'isoler.

L'Agence n'est composée que de filles. Nous sommes vingt en tout. Aujourd'hui, cette absence d'hommes me vaudrait sans doute d'être épinglée par un contrôleur de la parité à qui je n'aurais aucun mal à expliquer pourquoi j'aime être entourée de femmes au travail. Je les trouve plus consciencieuses, plus fines, plus sensibles que les hommes. Je les comprends, et ça me suffit. C'est ce que j'avance quand on me pose la question. Mais la vraie raison, que je n'avouerais à personne, est que les hommes dans le travail pulvérisent mes idées, neutralisent mes initiatives et me font baisser la tête. Je me soumets à leurs diktats avant même qu'ils aient l'idée d'imposer quoi que ce soit. Il s'agit sans doute des traces imprimées par une programmation patriarcale dans l'enfance. Le fait est que je ne sais faire autrement. L'ablation de mon système de défense face aux hommes ne m'a pas toujours aidée et je ne sais comment me défaire de cette soumission, alors j'évite les hommes, au moins dans le travail. Mes clients, mes amants et mes psys ne s'en plaignent pas et ma sexualité n'en a jamais vraiment été altérée. Je suis dévouée à tout masculin qui l'exige, ce que je regrette et dissimule autant que possible.

C'est donc avec les femmes que je me sens le mieux, au plus près de moi-même. Je donne des ordres, je rassure, je protège, on m'écoute, on ne discute pas mes décisions, on me craint un peu mais pas trop, car ce que j'aime c'est garder cette part de proximité apparente qui les rend fières d'appartenir à notre microcommunauté. J'aime l'idée qu'elles soient bien dans leur travail, et ce que je n'identifie pas encore comme une erreur de management, c'est que j'en fais trop : champagne à chaque anniversaire, croissants le matin, prime de fin d'année, augmentations récurrentes, porte ouverte à toute sorte de faveurs, abonnement à la salle de gym, notes de frais, PV payés par la boîte, vacances flexibles… C'est oui à tout.

Pourquoi ?

Parce que je veux qu'on m'aime

La spécialité de l'Agence est de faire des campagnes de publicité dans la presse magazine sous forme de publireportages. Il s'agit de vanter les vertus d'un produit (mayonnaise, déodorant, boisson énergétique, jeux vidéo…) sous la forme d'un article, en utilisant le ton et les codes graphiques du magazine.

Les agences de publicité classiques n'aiment pas ce mode de communication qui ne flatte pas leurs créations, et ne délivrera jamais de consécrations visibles. Aussi ont-elles négligé ce marché sans soupçonner à quel point les grosses entreprises allaient en faire la demande. Au tout début de ce désir collectif, j'étais là, mon crayon à la main, à leur expliquer du haut de ma jeunesse arrogante à quel point cette technique de communication allait augmenter leurs ventes (ce qui était vrai) et que j'étais la seule experte incontournable en la matière (ce qui était faux). Petit conseil au passage aux apprentis entrepreneurs : n'hésitez pas à dire sur un ton modeste que vous êtes un expert de ce dont vous rêvez. Sur un malentendu ça peut marcher. En ce qui me concerne, ce fut le cas.

Très vite, Unifoy, un énorme groupe de cosmétiques et d'agroalimentaire, est devenu le plus gros client de l'agence. Unifoy, nous lui devons notre notoriété, le respect de nos pairs, et 35 % de notre chiffre d'affaires. Cette part essentielle fragilise l'Agence et nous pousse à aller de l'avant. Nous n'avons connu à ce jour que croissance.

Jusqu'à aujourd'hui.

En effet, les prémices d'une baisse d'activité commencent à se ressentir. Le marché de la presse sur lequel notre spécialité est indexée faiblit.

Je remarque que le tableau des dossiers en cours accroché au mur à l'étage commercial est moins rempli que d'habitude.

Au moment où ces réflexions s'installent, je saisis négligemment la feuille oubliée dans le photocopieur ; j'y pose un œil distrait, capte juste un mot et la froisse. Le temps que l'information arrive à mon cerveau, je défroisse lentement la feuille. Il s'agit d'une ordonnance à l'attention de l'une de mes collaboratrices.

Je reçois le mot « méthadone », inscrit au milieu de la page, comme un coup de poing. Moi qui croyais presque tout connaître de mes filles… Rien dans le comportement de cette maquettiste ne laisse penser qu'elle se fait prescrire un substitut d'héroïne. Que dit cette ordonnance de son passé ? Ex-junky ?

Cette découverte me donnerait envie d'en savoir plus encore sur les gens que je côtoie au quotidien depuis des années, mais j'ai trop de travail et pas assez de patience pour faire les poubelles de l'Agence. Dans le même temps, instinctivement, je regarde le contenu de la corbeille la plus proche pour y découvrir la boîte ouverte et vide d'un test de grossesse.

J'essaie de garder une certaine distance avec mes collaboratrices, mais entre celle qui rentre en larmes dans mon bureau pour me dire que son amant marié veut la quitter et celle en proie à un mari violent qui nous supplie de l'exfiltrer, j'outrepasse mes compétences de dirigeante et deviens l'assistance sociale, la mère, la psy, et parfois le sponsor.

Pourquoi ?

Parce que j'aime aider les personnes en détresse, surtout quand elles me sont proches, et je n'hésite pas à m'encombrer de valises pleines de problèmes qui ne me concernent pas.

Mon assistante Doris est très dévouée. Notre connivence n'est jamais passée au stade de l'intimité. Elle est lesbienne et nous n'en avons jamais parlé. Je crois qu'elle m'aime bien. En fait, je crois qu'elle m'aime tout court. Je fais semblant de ne pas m'en apercevoir, c'est la seule manipulation que je m'autorise. Je sais que je peux tout lui demander, enfin presque tout. Il y a entre nous une complicité qu'elle perçoit comme de l'ambiguïté. Elle cherche le moment pour avancer ses pions et, un jour, je sais que je vais devoir être claire.

Au moment où je m'apprête à partir, il est déjà 19 heures. Encore perturbée par ma maquettiste possiblement droguée et le futur d'une autre (mais qui ?) possiblement enceinte, je me rends compte que je n'ai pas terminé mon travail.

Les trois notes qui s'échappent de mon téléphone indiquent l'arrivée d'un texto :

On vire l'accent et on rajoute un pont.

Je mets quelques secondes à comprendre que Gala parle de son tatouage, un sujet sur lequel elle a dû rester bloquée une partie de l'après-midi. Enlever l'accent sur le mot DIEN (mais comment ?) et ajouter un pont pour transformer le N en M.

Je réponds en proposant d'en parler à mon retour et suggère au passage une soirée ciné burger. Je cède pour *Le Ring*, même si celui de Wagner me donne davantage la chair de poule que ce film d'horreur que Gala veut revoir pour la troisième fois.

Lundi matin, après avoir déposé Gala au bus pour sa pension, la semaine démarre avec Mme Marin, à qui je vais raconter pendant quarante-cinq minutes les tribulations de Gala, les émotions qui en découlent et le côté Zorro samaritain qui me fait faire n'importe quoi.

Mme Marin écoute sans prendre de notes, en me regardant avec cette intensité qui appelle la sincérité et révèle la myopie. Je lui déroule le menu.

— Depuis la sixième, c'est toujours pareil : les notes, l'assiduité, le comportement, rien ne va. Tous les mois de juin, je suis convoquée par la direction de l'école après les délibérations du conseil de classe. Là, dans une chorégraphie verbale, toujours la même, un masque de circonstance posé sur le visage, on m'annonce qu'ON est désolé mais qu'ON est obligé de se séparer de Gala. « ON vous conseille de l'inscrire ailleurs, elle ne sera pas heureuse chez nous. » C'est la faute à ON a l'air de dire le masque. La vérité est qu'aucune école ne tient à s'encombrer d'éléments perturbateurs qui risquent d'affaiblir leurs statistiques au bac.

» Et donc chaque année, depuis la sixième, je cherche une école pour la rentrée suivante. Forcément, de moins en moins d'écoles acceptent de nous recevoir. Une copine m'a donné un tuyau : elle m'a conseillé de « faire tester » Gala. Parfois, ça fait pencher la balance un QI élevé. Même si je vous avoue avoir du mal avec ces mères qui se vantent (ou plutôt font semblant de se désoler) d'avoir enfanté un(e) surdoué(e) comme une justification à l'échec scolaire de leur progéniture. Quand elles ont un minimum de pudeur, elles disent « précoces ». Ces femmes qui vous jurent que leur enfant a appris tout seul à lire et écrire à trois ans rien qu'en regardant *Des chiffres et des lettres*... ça m'énerve ! Bon, je l'ai quand même fait.

Mme Marin m'observe par-dessus ses demi-lunes. Elle les enlève pour essuyer les verres à l'aide d'un mouchoir en papier. J'ai la vision soudaine de la façon dont on pourrait illustrer de manière stylistique le cabinet d'un psy : une oreille et une boîte de Kleenex. Parce qu'en face, le client patient n'a besoin de rien d'autre que d'être entendu et de pouvoir s'essuyer les yeux avec autre chose que ses avant-bras. Quand elle remet ses lunettes sur son nez, je surprends son regard juste au-dessus de ma tête, en direction de la pendule derrière moi. Je m'égare. Je dois faire vite.

— Donc cette amie connaissait quelqu'un qui connaissait quelqu'un qui avait expérimenté l'astuce selon laquelle il suffisait de présenter la preuve d'un quotient intellectuel élevé pour que s'ouvrent les portes des écoles les plus réticentes aux cas atypiques.

— Considériez-vous Gala comme atypique ?

La question de Mme Marin résonne en moi, le choix de l'adjectif aussi. Il me semble que le mot « atypique » est un adjectif qui s'accorde plus facilement aux volumes d'une habitation invendable qu'à la personnalité débridée d'une adolescente en roue libre.

— J'ai fini par croire qu'elle l'était, atypique. En tout cas, à défaut de bons bulletins, le test de QI a fait l'affaire puisqu'en septembre dernier, ça a marché. Le compte rendu de la psychologue a complété nos dossiers d'inscription et, malgré des résultats scolaires déplorables, Gala a été acceptée dans une école réputée pour sa classe pilote composée de petits génies. Soulagement, remerciements, boîte de chocolats. Je vous passe les détails. J'ai eu l'impression de sortir de l'impasse, mais pour quelques heures seulement, car à la fin du premier jour de classe, Gala a décidé unilatéralement de ne plus y retourner : « Les autres élèves sont tout petits, je ne m'y sens pas bien », a-t-elle dit. Elle est donc restée à la maison, très précisément dans son lit, et n'a plus jamais voulu retourner ni dans cette classe, ni dans cette école. Essayer de sortir du lit une adolescente qui ne veut pas bouger est une difficulté à laquelle je n'étais pas préparée.

— Et qu'avez-vous fait ?

— Je me suis mise en colère, puis j'ai expliqué que l'école était obligatoire jusqu'à seize ans, ensuite j'ai essayé de nombreuses autres formules. Parler tendrement, prendre le temps, appeler son père, solliciter la famille, les amis, interroger le médecin de famille (n'était-il pas question de phobie scolaire ?), hausser le ton, puis se remettre en colère, avant de me décourager. Je ne pouvais m'empêcher de penser à mon père qui, en son temps, aurait réglé la blague en moins d'une minute par un aller-retour du plat de la main. Il n'y aurait même pas eu débat. L'époque était différente. Heureusement. Et c'est là qu'elle m'a annoncé qu'elle voulait aller en pension. Pensionnaire ? Bon sang mais c'est bien sûr ! Pourquoi n'y avais-je pas pensé plus tôt ? Au siècle dernier, dans les familles bourgeoises à semi-bourgeoises, la question ne se posait pas. Hop, direct en pension, on ne revoyait les enfants que pour les vacances, dans le meilleur des cas !

— Et qu'a pensé le père de Gala à l'idée d'envoyer sa fille en pension ?

Sans écouter la question de Mme Marin, je raconte comment je me suis retrouvée à la rentrée de septembre à Saint-Mandé, dans un établissement catholique, à expliquer au directeur stupéfait pourquoi nous comptions abandonner une classe de précoces dans laquelle ma fille était inscrite (mais n'allait pas) pour un pensionnat religieux qui n'allait sans doute rien lui offrir de plus. Mais qui, malgré un dossier indéfendable (et avec la promesse de contribuer à la rénovation du gymnase), finit par l'accepter.

— Vous avez vraiment proposé de rénover leur gymnase ?

— Non, pas directement, mais j'ai compris l'allusion, et j'ai saisi la perche qui m'était tendue. Ce pensionnat, dans lequel elle est actuellement, est le lieu scolaire de la dernière chance, l'ultime faveur qui lui est accordée.

Mme Marin, qui tient à sa réponse, insiste :

— Et son père, il en pense quoi de la pension ?

— Je ne lui ai pas demandé et il ne m'en a pas parlé.

J'ajoute à ma réponse un geste de la main droite qui pourrait signifier qu'une mouche me gêne, à moins que ce ne soit la question.

— Et je croise les doigts pour qu'elle y reste jusqu'au bac. J'ai envie de faire confiance.

— La confiance est l'accumulation de contrôles positifs, on en parle la semaine prochaine ?

Un coup de poing suivi d'un point d'interrogation. Les psys ont leur technique bien à eux pour vous lâcher en plein vol alors que vous êtes en train de tartiner vos propos de purée d'émotions.

Quand j'arrive à l'Agence, la réunion hebdomadaire commence. Doris, mon assistante, rassemble les notes, imprime l'ordre du jour, distribue les copies afin que chacune s'exprime tour à tour sur son travail en cours. Cette première séance psy résonne encore dans ma tête et je repense à tout ce que j'ai oublié de dire.

Carla, la productrice, interrompt le cours de mes pensées :

— Il y a de l'eau dans le gaz du compteur Unifoy, démarre-t-elle.

Doris me regarde effrayée, craignant que je ne m'effondre en larmes comme la dernière fois, quand elle m'avait annoncé qu'Unifoy voulait renégocier nos accords.

— Je m'en occupe, dis-je, me voulant rassurante.

Carla insiste sur les bonnes relations qu'elle a avec son interlocuteur, cependant celui-ci laisse entendre qu'ils envisageraient une alternative, c'est-à-dire de nous quitter pour une autre agence. Mais ce n'est qu'un bruit de couloir.

Unifoy est ma préoccupation professionnelle du moment : ils ont compris l'importance qu'ils avaient dans ma petite agence, et cela leur donne des airs d'autocrates insatisfaits. Alors je fais comme si ce client ne devait jamais partir. J'arrose abondamment de petits cadeaux la responsable marketing depuis le début de nos accords, en échange de quoi elle discute peu nos devis. Un jour, tout va s'arrêter et je croise les doigts pour que ce soit le plus tard possible et sans scandale, mais en attendant, de ça aussi je profite.

Nous sommes en 2008, l'âge d'or de la publicité version ancien régime connaît ses derniers spasmes. L'argent qui a beaucoup ruisselé au cours de la décennie précédente ralentit son flux. Les directeurs artistiques sont encore les stars de la pub, mais plus pour longtemps. Personne ne conteste la nécessité pour certains de devoir s'en mettre plein le nez pour atteindre l'extase créative nécessaire qui permettra de remporter les budgets. Les photographes vivent la fin de leur état de grâce. Le numérique s'apprête à redistribuer les cartes. La post-production et la retouche avancent leurs exigences. La digitalisation n'a pas encore bouleversé le marché de la communication, mais c'est pour bientôt. Les clients commencent à poser des questions digitalo-numériques auxquelles nous ne savons pas encore répondre. Alors j'impose à toutes de dire que « oui bien sûr pas de problème, nous savons faire », avec une certitude appuyée par un sourire élargi. Bref, tout ça, je le vois venir, et je repousse ma peur à plus tard. Des considérations économiques s'invitent dans mes rêves, déposant des doutes sur mon avenir. Cette industrie comme bien d'autres opère sa mue, et ma prétendue expérience paraît bien rouillée. Je vais avoir cinquante ans, et plus le temps passe, plus le métier risque de me dépasser si je ne prends pas les devants.

Mais ma plus grande difficulté n'est pas seulement technique : elle est mentale, peut-être éthique. J'ai du mal à œuvrer en faveur de la consommation de sodas édulcorés, de yaourts bifidusés, d'antirides liposomés, ou d'après-shampooings siliconés. Il n'est pas facile de s'emballer sur des caractéristiques produits qui paraissent souvent soit vides de sens, soit éloignées de cet esthétisme dont j'aime tant saupoudrer le quotidien.

Cette conscience s'impose en particulier ce jour où nous gagnons un important budget : celui d'une canule laxative dont il convient de louer, dans nos propositions créatives, les bienfaits pour le corps et la facilité d'utilisation. Pour ce client, un gros laboratoire américain, nous avons face à nous les responsables marketing incarnés par de jeunes chefs de produit, certainement diplômés d'une grande école de commerce, qui réfléchissent toute la journée sur le délicat sujet de la constipation. Ils étudient le comportement de leurs cibles en analysant les meilleures conditions pour envoyer le maximum de personnes aux toilettes de la manière la plus confortable possible. On parle de disruption, de Blue Ocean, de fond de marques, de prisme d'identité, on organise des tables rondes, on fait venir des responsables d'études, des analystes de tendances, des scientifiques, des pharmaciens. Voilà ce que c'est d'être bon élève, me dis-je, et je pense à Gala, ma fille chérie, qui ne fera pas une prestigieuse école de commerce et n'aura donc probablement jamais le bonheur de réfléchir à la façon de promouvoir une canule laxative ou d'en rédiger la notice.

À la première réunion avec les filles de l'agence, nous retenons nos fous rires et nos vannes nulles, et puis nous nous habituons et nous parvenons même à prendre le sujet très à cœur, tout humour aboli.

Je charge les devis un peu plus qu'à l'accoutumée, en me disant qu'au pire on discute. Mais ces montants indécents ne dérangent pas notre client américain qui doit estimer tout comme nous que l'absence de glamour a un prix.

Adèle, vingt-sept ans, chef de publicité, est en charge du budget les « Eaux de la Nature ». Elle aussi s'entend très bien avec son client, mais un peu trop à mon goût. Elle est charmante, toujours de bonne humeur et terriblement sexy avec ses minirobes, ses cuissardes, ses mensurations pectorales harmonieuses, et son sourire éclatant qu'elle envoie en ponctuation à la fin de ses phrases. Je dois avoir un œil sur elle et sur lui aussi. Une bonne entente est satisfaisante et nécessaire, mais je me méfie des trop bonnes relations qui peuvent déboucher sur des malentendus. Nous n'en sommes pas là. J'espère juste que Carla ou Adèle ne sont pas concernées par mes précédentes découvertes de fax ou de poubelle. Une vision de cauchemar qui traverse impunément mes hémisphères cérébraux me montre une Carla sous méthadone, et une Adèle enceinte du client. Arrête de toujours imaginer le pire, me répond l'ange derrière l'oreille dont j'aimerais parfois taire les délires retors.

Chez Mme Marin, je parle je parle je parle sans respirer sans ponctuation sans filtre d'une traite les mots jaillissent, je regarde à l'intérieur de moi-même je suis un monologue ça sort… Les mots et les larmes.

Depuis quelque temps, je me pose des questions sur mon travail. La publicité, le marketing, l'éthique. Je suis en recherche de sens, dans un coin de ma tête, je rêve d'apporter ma contribution sinon à sauver le monde du moins à l'améliorer. Mais avant le monde, ne faudrait-il pas que j'envisage de sauver ma propre fille ?

Gala est à la dérive sur le plan scolaire et difficile sur le plan privé. Mes faibles efforts sont vains, et à part culpabiliser en pleurnichant, est-ce que je fais vraiment ce qu'il faut ? J'ai parfois des montées de rage. J'ai peur que ma fille n'accède pas au niveau d'éducation que j'ai obtenu par hasard, contre toute attente, et surtout contre ma famille qui n'en demandait pas tant. Où trouve-t-on cette énergie qui donne envie d'en découdre ? C'est comme si une loi immanente ramenait ma fille vers mon passé, celui du village où il est normal de rendre invisibles les petites filles, où les études sont suspectes parce qu'elles éloignent les enfants des parents. Quel gâchis d'avoir tout à sa portée et de ne rien en faire, ou pas grand-chose ! Je donnerais un rein pour qu'elle soit comme je la rêve. Avoir le bac, faire des études, avoir des jeux et des divertissements de son âge, respecter sa mère, c'est du tout petit rêve, non ? Et une fois ce but atteint, si elle l'atteint, elle partira alors pour être Elle. Et je resterai seule avec mes souvenirs qui seront truffés de produits cosmétiques, de moutardes bios et de canules laxatives… Je renifle avant de m'apercevoir que ça coule à grandes eaux sur mes joues. En me tendant la boîte de mouchoirs en papier, Mme Marin, qui n'a pas dit un mot de la séance, m'en signifie la fin.

Pendant ce temps, à l'Agence, oubliées les visions, neutralisés les cauchemars, cette semaine s'achève sous le signe de la flamboyance. L'énergie, la force, et la vigueur sont de retour. C'est en tout cas ce que je me dis juste avant qu'Iris, une des rédactrices, sollicite un entretien. Ce qui n'est jamais bon signe. En général, c'est soit un départ, soit un heureux événement. Jamais les deux. Je ne souhaite ni l'un ni l'autre. Je repense à la poubelle de la semaine dernière, mais si elle vient d'apprendre sa grossesse, elle ne peut l'annoncer aussi vite. Je parie donc pour sa démission. Nous nous isolons dans mon bureau.

— Voilà, je voulais vous dire que la famille va s'agrandir, dit Iris en brandissant la photo de son échographie.

(Derrière mon oreille, Jiminy Cricket crie : « Perdu. » « Ta gueule », lui répond le papillon ange gardien.)

— Ah, mais c'est formidable, quelle bonne nouvelle, je suis très heureuse pour vous.

Je ne suis jamais hypocrite, sauf quand une de mes salariées m'annonce qu'elle est enceinte. Je la félicite chaleureusement en feignant de partager sa joie, en ravalant le mot « encore ! » (c'est quand même la troisième grossesse d'Iris en quatre ans) et en calculant dans ma tête la période de son congé maternité, augmenté des vacances anticipées, et prolongé par les quinze jours d'allaitement optionnels. Mais mes calculs sont vains, car elle m'annonce qu'au terme de son congé maternité elle pourrait envisager un congé parental. Nous comprenons toutes les deux ce que cela veut dire : Iris ne reviendra pas, ou plutôt décidera de revenir ou pas dans trois ans et demi. Que serons-nous dans trois ans et demi ? Ma joie se rétracte d'autant plus que je m'aperçois que je suis la dernière à être au courant vu la façon dont les autres m'observent au moment où Iris et moi sortons du bureau.

— Madame, votre fille en ligne.

À l'agence, on me dit « vous ». J'ai du mal avec le tutoiement qui est pourtant l'un des codes quasi obligatoires dans le monde de la publicité. J'ai été élevée chez les sœurs, qui nous ont appris la déférence, et surtout la différence. Dans ma boîte, tout le monde me vouvoie, c'est comme ça. Je sais que c'est quelque chose qui m'éloigne de mes salariées et me vieillit, mais ça m'est égal. C'est pour moi comme la compensation d'une autorité qui ne m'est pas naturelle. Je vouvoie autant pour garder la distance nécessaire dont j'ai besoin que pour me protéger d'éventuels débordements affectifs dont je suis capable.

— OK, je prends. Hello ma Gala, alors bien arrivée à la maison ? Ou encore coincée dans un poste de police de banlieue ?

La dérision qui sauve de tout, la moquerie comme la meilleure façon d'exorciser les problèmes du quotidien, et la quasi-certitude qu'il est impossible que ma fille m'appelle pour une chose capable de produire une satisfaction.

— Ah ah, Mims fait de l'humour.

— Ah, je sais pourquoi tu m'appelles : tu as eu un 15 en maths, c'est ça ?

— Mims continue l'humour, non, non, pas de ça (ricanements), je ne t'aurais pas dérangée pour si peu… Je voulais juste savoir si je pouvais commander un livre avec ta carte bleue ?

— Tu me demandes la permission d'utiliser ma carte maintenant ? On progresse. Mais bien sûr, surtout si c'est pour un livre ! Et quel livre veux-tu acheter, ma Gala chérie ?

— La Torah.

— Tu veux dire… un livre sur le tarot ?

— Non, la Torah.

— Mais depuis quand tu t'intéresses à la religion juive ?

— Je vais au shabbat chez Mickaël vendredi, il faut bien que je me renseigne, et puis on l'est un peu, non ?

— Un peu quoi ?

— Ben un peu juifs. Quelle carte j'utilise, l'Amex ou la pro ? La Torah ça peut passer en note de frais, non ?

— Je suis là dans vingt minutes.

Quand j'arrive à l'appartement, Gala est assise par terre en tailleur. Autour d'elle sont disposées quelques grandes feuilles de papier Canson représentant des signes bizarres qu'elle forme méticuleusement d'un geste précis.

— Explications de ces dessins ?

— Je ne dessine pas, j'écris, c'est de l'hébreu, c'est beau tu ne trouves pas ?

— Alors comme ça, nous sommes « un peu juifs » et tu veux commander la Torah ? Je t'écoute.

Gala se penche sur son livre d'histoire et entame la lecture :

« En 1492, les Rois catholiques Isabelle de Castille et Ferdinand d'Aragon demandent aux juifs de quitter leur royaume. La Catalogne nord est encore sous domination espagnole, plus de la moitié des habitants sont juifs. Les habitants des villages ont alors le choix entre se convertir ou partir. La plupart d'entre eux vont partir en Italie, mais certains vont choisir de rester. Cette partie de la Catalogne ne deviendra française qu'en 1659 par le traité des Pyrénées… »

Gala arrête sa lecture et me regarde d'un air satisfait.

— Comme ils sont catalans, Papi et Mamie sont donc d'origine juive, c'est pratiquement sûr.

— Peut-être, mais pas forcément, et je ne comprends pas quel est l'intérêt pour toi de te dire juive alors que tu ne l'es pas. Puis, tu as déjà une religion.

— Je sais, mais chez Mickaël, ils rient, ils chantent, leurs fêtes sont cool, ils ne passent pas leur temps à dire pardon pardon c'est ma faute, ma très grande faute.

— Et Mickaël, il dit quoi ?

— Il dit que les juifs sont intelligents. Ça lui plaît que je sois juive.

— Mais Gala, tu ne l'es pas.

— Quoi ? Tu dis que je ne suis pas intelligente ?

— Mais je ne dis pas ça, je dis que tu n'es pas juive.

— Tu vois, tu me contredis tout le temps.

— Eh bien d'accord, c'est bien ce soir le dîner de shabbat de Suzanna, allons-y ?

— Ah non, pas toi, tu vas tout gâcher, j'ai dit que tu ne pouvais pas, mais je veux bien que tu me prêtes ta pochette Gucci s'il te plaît, alleeeez Mims…

— Mais moi j'avais justement prévu de passer la soirée avec toi.

— Ta pochette oui, toi non.

Et elle éclate de rire comme si elle avait fait un bon mot. Bon, s'intéresser à une religion à quatorze ans n'est pas une catastrophe, ce n'est pas comme si ma fille rentrait dans une secte pour le restant de ses jours, et je la connais trop pour être certaine que cette dernière lubie s'en ira aussi vite qu'elle est venue. Je préférerais qu'elle se concentre sur les maths, le français, l'histoire, mais si la Torah l'amuse et si les juifs me la calment, je suis preneuse.

— Je t'offre la Torah avec plaisir, mais tu n'as pas besoin d'une pochette Gucci pour aller faire shabbat.

— Merci Mims, lance-t-elle en disparaissant comme un courant d'air.

Je soupire en contemplant le dessin collé sur le frigo : une drôle d'arabesque à l'encre faite de feuilles enchevêtrées et de tiges cabalistiques, plus hippy qu'hébraïque.

Penser à la féliciter au moins pour son beau dessin.

Comment composer avec une fille de quatorze ans rebelle, tatouée, douée pour les affaires, encline à des dérives capricieuses, intolérante à la frustration et à toute forme d'autorité, quand on trébuche soi-même dans le doute transversal, l'échec sentimental et l'inaptitude à l'autorité familiale ?

Alors que je suis en train de remplir mon caddie de courses pour le week-end, une idée me vient à l'esprit : mes parents !

Défaillants, certes, mais ce sont quand même les grands-parents de ma fille. Gala pourrait passer chez eux une partie du mois d'août. S'ils pouvaient insuffler à ma fille un peu de cette réalité simple et pragmatique exempte d'articles de contrefaçons. Dans la case inconvénient, ils la gaveraient de sucreries ; dans la case neutre, ils lui apprendraient quelques chants nationalistes en patois local. Dans la case avantage, Gala apprendrait à les connaître.

Dans la case bonus : je serais libre et soulagée pour quinze jours cet été.

On a bien vu des parents dysfonctionnels devenir des grands-parents exceptionnels. Après réflexion, et aussi parce que ça m'arrange, je mise là-dessus en composant leur numéro de téléphone fixe.

L'utilisation du téléphone n'est jamais vraiment rentrée dans les mœurs de ma mère, elle parle toujours plus fort et plus vite, toute prête à écourter la conversation au cas où chaque minute l'appauvrirait.

— Allô kikou Maman, comment ça va ?

— Mal.

— Ah bon, qu'est-ce qu'il se passe ?

— Tu ne m'appelles jamais.

— Et qu'est-ce que je suis en train de faire ?

— Bon alors, qu'est-ce qui se passe ?

— J'ai un problème avec Gala pour cet été.

— Ah, qu'est-ce qu'elle a encore fait celle-là ?

— Est-ce qu'elle peut venir quelques jours chez vous ? Dix jours seulement.

Je sens que la demande est supérieure à l'offre. Le temps de ma mère est avant tout dédié à mon père, d'autant qu'elle n'a jamais beaucoup manifesté l'envie de voir ma fille. Sa réponse est à la hauteur de mes doutes.

— Ah non, ce n'est pas possible, j'ai trop de travail.

— Mais Maman, tu ne travailles pas.

— C'est toi qui le dis. Avec tout ce que ton père me donne comme travail… Pourquoi tu ne demandes pas à son autre grand-mère ?

Je rappelle à ma mère que ma belle-mère est décédée et que le père de ma fille ne peut s'en occuper non plus sinon je ne la solliciterais pas, bien sûr.

— Non, non ce n'est pas une bonne idée. Je n'aurai pas le temps de m'occuper d'elle ou de la surveiller. Tu vas trouver une solution. C'est sûr. Je te connais, tu trouves toujours une solution. Bon à part ça, tout va bien ? La santé c'est le plus important. Tu as une bonne voix, allez, que ça dure.

— Oui, que ça dure.

— Allez, au revoir.

Sur ce, elle raccroche. Le téléphone encore rivé à l'oreille et l'œil perdu sur le rayon céréales, je range mon téléphone en me disant que ça, au moins, c'est réglé. Ma mère a d'abord été l'épouse de son mari avant d'être la mère de ses enfants. Deux fonctions qui n'étaient pas compatibles dans la même vie. Elle n'a jamais manifesté un tempérament exigeant non plus. N'ayant besoin de rien, elle ne demande rien. Ce qui est d'un grand confort pour mon père qui partage sa vie depuis toujours. Tout au plus quelques plaintes en bruit de fond que personne n'entend, mais pas d'émotions visibles ni de sentiments apparents. Ni don ni réception.

Je rêvais d'avoir la mère de Romain Gary, d'Albert Cohen ou de Marcel Proust, mais ma mère courait plutôt dans la catégorie Madame Bovary ou Anna Karénine ; c'est-à-dire aimante dans le fond, mais pas très intéressée dans la forme.

C'était comme ça. Elle-même s'était construite sur un terreau social peu propice à l'amour, l'écoute et le savoir. Avoir un fils était une chose suffisante pour cocher la case « enfant » sans être obligée de revenir sur le sujet. La vie en avait décidé autrement. En échange du nom, du gîte et du couvert, les femmes de sa génération acceptaient souvent des conditions familiales difficiles doublées d'une incapacité à la révolte. Être trompée, subir, nettoyer, servir, se taire, telle était leur vie. « La maîtresse de mon mari est plus belle que celle du vôtre », disait sa copine en éclatant de rire. Parce que finalement dans cette vie, qui de mon point de vue m'apparaissait vide et servile, ma mère savait cultiver une joie sincère et n'était jamais à court d'un bon mot.

J'avais rompu la chaîne tout comme certaines de mes semblables. Élevées à l'ancienne par des mères mal mariées et des pères très occupés, nous étions les dernières survivantes d'un mécanisme culturel ancestral dont on ne pouvait s'extraire que par les études et la distance. Grâce à l'éducation et une certaine audace, l'ascenseur social nous emmènerait ailleurs.

Après nous, nos filles seraient libres.

Non, ma mère ne peut rien faire ni pour moi, ni pour ma fille, ni pour personne. Il faut arrêter d'espérer une tendresse de la part de ceux qui ne sont pas capables de la donner ou ne s'y sentent pas autorisés, et qui avec le temps deviennent étanches à tout changement.

Alors vers qui se tourner ? Qui pourrait prendre ma fille cet été en vacances pour une quinzaine de jours ? Mes amis, qui dispensent si généreusement leurs conseils, souvent pertinents (fais pas ci, fais pas ça, tu devrais tu sais quoi...) n'ont pas forcément envie de prendre avec eux une adolescente capable de mettre dans la tête de leur enfant des choses obscures et illégales.

Le samedi matin, je lance l'allegro de la sonate pour violoncelle en mi mineur de Vivaldi et me glisse dans un bain brûlant. Je ferme les yeux...

À la dérive, seule et désemparée. La veille, j'ai autorisé Gala à aller à son dîner de shabbat (mais ai-je vraiment eu le choix ?) avec l'ordre de rentrer avant 23 heures, ce qu'elle a respecté, enfin je crois.

Je ressens les notes et la chaleur de l'eau au plus profond de moi. C'est à ce moment bien précis, où s'accordent le bien-être et la fragilité, que la sonnerie du téléphone s'impose au-dessus de Vivaldi. Sur l'écran est inscrit : « Lucien Attention ».

Attention n'est pas un nom de famille. « Attention » est ce que j'ai noté à côté du prénom de Lucien.

Pourquoi Attention ?

Parce que Lucien est dangereux.

Lucien est un photographe avec lequel j'entretiens épisodiquement des rapports professionnels, amicaux et, avouons-le, intimes. Je sais que je ne devrais pas coucher avec un de mes fournisseurs, que les relations sont faussées d'avance, mais quand il y a deux mois Lucien a débarqué chez moi à l'improviste avec une bouteille de Saint-Amour le jour de la Saint-Valentin, je n'ai pas pu l'empêcher d'accéder à mon appartement, à mon lit et, par capillarité, à mon cœur. Grâce à son culot ou à cause de ma faiblesse, il a su investir les trois sans en avoir l'air. La première fois, le vin et les circonstances ont annihilé mes défenses, puis je me suis lentement laissé porter avec mollesse par ce besoin de remplir un vide nocturne, ou tout simplement celui d'être aimée.

L'atout majeur de Lucien est son physique. C'est un joli garçon charmant et séducteur qui s'amuse beaucoup de l'effet qu'il produit sur les gens. Il a de grands yeux noirs abrités par de longs cils qui lui donnent un faux air doux, mais cette douceur tendre, presque féminine, s'efface dès lors qu'il sourit. Chose qu'il fait rarement, préférant déposer sur ses traits l'ombre du mystère, toujours plus apte à véhiculer le genre ténébreux qu'il entretient. Là apparaît une sorte de timidité carnassière que ses lèvres à peine ourlées peinent à dévoiler. Il vous regarde, le menton rentre, le front penche légèrement en avant, et son regard laisse voir sous sa pupille autant de blanc que de noir. Lucien impressionne, Lucien envoûte, et quand le silence lascif de Lucien prend place, vos mots et votre propre pensée s'effacent. Tout est de trop en sa présence. Lucien investit votre intérieur en y faisant entrer quelque chose de lui, vous ne vous en rendez pas compte et avez la certitude que c'est pour votre plus grand bonheur.

Lucien parvient à me faire croire qu'il est rare, qu'il est une œuvre d'art et que j'ai une chance folle de l'avoir dans ma vie. Depuis notre premier baiser face à la tour Eiffel scintillante, je le pense. Ce n'est pas l'avis de certaines de mes copines qui le trouvent trop superficiel avec son obsession pour le noir, la médecine ayurvédique et les motos. Quels que soient les arguments que je me répète et qui sont en sa défaveur, j'avoue avoir un mal fou à reconnaître cette vérité, contre laquelle je lutte incessamment au plus profond de moi-même, et qui est que je suis follement amoureuse de Lucien.

Alors que je devrais décider du rythme de nos entrevues mondaines et sexuelles, je me rends compte que c'est lui qui mène la danse. J'accepte avec bonheur l'habitude vite installée de ses visites qui le poussent à venir chez moi, souvent en fin de journée. Ça sonne, c'est lui. Toujours. Alors, j'ouvre une bouteille de champagne ou de vin blanc et je bois, seule, jusqu'à ce qu'il me traîne au lit pour me faire l'amour. Lui ne boit jamais car il considère son corps comme une machine de haute précision qu'il convient de préserver. « Mon corps est une Rolls-Royce », dit-il sans rire. Lucien n'a pas d'humour, pas de culture non plus, mais il a quelque chose de magique qui ressemble à de l'instinct et contre lequel je ne peux lutter.

Même s'il prétend être amoureux de moi comme soi-disant quelque chose qui lui serait tombé soudainement sur la tête (ce qu'il annonce sans émotion), je ne peux m'empêcher de faire le lien avec l'information qui m'a été rapportée par une des commerciales de l'agence selon laquelle il serait un homme à femmes. Je sais aussi qu'il aimerait bien que l'agence lui confie le shooting de quelques campagnes supplémentaires. Si possible de toutes. Il travaille déjà beaucoup pour nous mais pas assez selon lui. De toute façon, ce n'est jamais assez. Lucien utilise son insatisfaction chronique comme un moyen efficace et naturel d'exaucer ses désirs. Sa posture incite à l'honorer, à le célébrer et à considérer son plaisir comme votre propre épiphanie. Ce que vous lui offrez est le minimum et, en guise de remerciement, ses yeux de velours dénués de gratitude insinuent que vous auriez quand même pu faire davantage.

Lucien promène un regard semi-messianique sur le monde qui, si on l'en croit, semble le vénérer. Même s'il ne séduit pas tout le monde, quand Lucien évoque on l'écoute, et quand il exprime une envie, vous êtes gentiment prié de lui rendre grâce. La concurrence l'agace un peu et il critique toujours d'un air entendu le travail d'autrui. Pour lui, la plus grande qualité pour un photographe est d'être âgé, exilé, ou mieux, mort.

Le favoritisme professionnel qu'il semble appeler de ses vœux devrait m'inciter à ne pas poursuivre notre relation plus avant. Mais malgré mes efforts et les vents contraires, Lucien me plaît, et même davantage.

Il est tenu à distance de ma vie avec Gala, je crains trop le dérapage de l'un et la rétractation de l'autre. Les deux précédents amoureux ne se sont-ils pas enfuis lâchement ? Récemment, j'ai eu une grande inquiétude quand, après une nuit passée ensemble à mon domicile, Lucien a dû aller à l'hôpital en urgence pour une violente irritation de ses parties sexuelles. Une démangeaison insoutenable, qu'il a pourtant endurée avec un stoïcisme exemplaire. Il n'a jamais su le fin mot de l'histoire. Moi non plus, jusqu'à ce que je découvre quelque temps plus tard un sachet de poil à gratter dans les affaires de Gala. Lucien avait fait l'erreur de laisser chez moi un slip de rechange.

Aussi, quand, après un footing, il a proposé de laisser ses affaires de sport, je m'y suis opposée avec délicatesse, craignant que la blague ne monte d'un cran. Un clou dans la chaussure de sport, un scorpion dans la manche, un entrejambe découpé au ciseau ; l'imagination de ma fille pourrait atteindre d'autres sommets.

— Je suis en bas de chez toi.

— Moi dans mon bain.

Ma réponse peut être interprétée comme une invitation ou une fin de non-recevoir selon ce que l'on a envie de comprendre.

— J'arrive, répond « Lucien Attention ».

Au son de l'interphone qui retentit, Gala me rejoint dans le salon.

— Bonjour Mam, c'est qui ? dit-elle en m'embrassant.

— Lucien.

Gala grimace.

Par un heureux hasard, Lucien vient de faire des photos pour une marque de linge de maison tout près de mon domicile et apporte gentiment en offrande les restes du stylisme : une housse de couette et un drap de bain.

Je n'aime pas qu'il débarque à l'improviste et encore moins quand ma fille est là.

Elle se contente d'émettre un « hey » narquois à son attention avant de se poster sans un mot dans un coin du salon. Elle n'a pas envie de faire d'efforts et encore moins de se pâmer devant le drap de bain que Lucien étale en toute fierté sur le canapé. Sentant une résistance passive, Lucien se dit que la mère sera toujours plus facile à séduire que la fille. Comme il est probable qu'aucun trait d'esprit ne se présentera, Lucien sait qu'il ne pourra compter que sur son seul irrésistible charme. Les deux manipulateurs s'affrontent sur leur terrain, et le terrain c'est moi.

Lucien parle de Lee Miller, de Leni Riefenstahl, cherche à paraître cultivé, à détourner de sa beauté, ou à noyer ce qui apparaîtra plus tard comme de la fourberie. Gala ne dit rien mais son regard est hostile. Je suis prise dans un étau, alors après avoir un peu parlé de choses et d'autres, après avoir joué l'intéressée devant les propos photographiques de Lucien, je lui fais entendre discrètement que nous avons beaucoup à faire… Je le remercie pour sa visite, son drap de bain et sa housse de couette, avec une insistance qui a pour but de lui signifier qu'il doit partir, maintenant. Mais pour contrebalancer la rudesse de ce congé, je lui glisse dans l'oreille en le raccompagnant à quel point j'ai hâte de le revoir.

Lucien comprend.

— Pas de problème, évidemment, comme tu le sais j'aime prendre mon temps, me dit-il dans un regard semi-lubrique.

Sitôt la porte fermée, je m'adresse à Gala avec un air de reproche.

— Il sera resté en tout quatre minutes, franchement tu pourrais être un peu aimable avec Lucien.

— Ah oui, pourquoi ?

— Il est gentil, non ? Il nous apporte des cadeaux.

— Il t'offre des trucs gratuits. Mims, ne me dis pas que c'est ton officiel.

La bonne réponse serait de lui expliquer qu'il s'agit de ma vie privée et qu'elle sera la première au courant si c'est important, mais je laisse passer un silence un peu trop long avant de conclure :

— Retourne dans ta chambre.

— Retourne dans ton bain.

Une guerre froide s'annonce. Mon corps, ma tête, mon cœur et mon emploi du temps sont tiraillés entre Gala et Lucien.

L'une a pour elle la filiation et gagnera toujours sur l'échelle de l'importance. Lucien a pour lui la nouveauté, le sexe, l'alternative à la solitude malgré, je dois l'avouer, des sentiments confus. Lucien a l'avantage, il perçoit le découragement de la dirigeante et le désarroi de la mère.

J'espérais avoir un résumé de la soirée shabbat, mais, malgré mes questions, Gala ne dira rien d'autre que « très sympa ».

Quand M. Alvarez a vu apparaître sur l'écran de son téléphone le nom d'Andréa Gall en ce dimanche matin, il a soupiré en se disant que le robinet de la chasse d'eau avait sans doute encore fui et qu'il allait devoir se rendre au plus vite à l'appartement du quatrième droite avec sa clé de douze. À moins que Mme Andréa ne lui demande de monter un meuble IKEA, ce qui en l'occurrence pourrait attendre le lendemain.

M. Alvarez est le mari de Mme Alvarez, gardienne de l'immeuble depuis vingt-trois ans. M. Alvarez est maçon et s'emploie hors de ses heures travaillées à rendre service aux habitants de l'immeuble moyennant quelques émoluments et des étrennes annuelles conséquentes. Ainsi, il répare ce qui casse, accroche les tableaux aux murs, change la douchette modelante encrassée de calcaire, ou bien remplace parfois Mme Alvarez pour la distribution du courrier.

Deux minutes avant, quatre étages plus haut, donc, je paresse dans mon lit en quête de pensées inspirantes. Il y a très longtemps que je n'ai pas savouré une grasse matinée, seule ou à deux. Sans regarder l'heure, sans penser à aller faire des courses pour le déjeuner, sans contrainte.

Je repense à Lucien que j'ai congédié hier un peu vite. Comment me faire pardonner ? Je prends mon élan pour l'appeler avec toute la légèreté dont je suis capable.

Après deux sonneries, ça décroche. Alors, de ma voix la plus guillerette, je lui donne du :

— Bonjour mon chéri…

Je sens sa respiration au bout du fil et ce moment de silence me plonge dans un état d'inconfort et de perplexité absolue. J'appelle peut-être au mauvais moment. J'entends en fond comme une musique un peu folklorique, pas vraiment le style de Lucien qui donne plutôt dans le rock progressif ou la variété française. Je me dis en moi-même que Lucien n'est peut-être pas tout seul. Il ne m'a pas promis l'exclusivité, mais je serais mécontente d'apprendre qu'il roule en double commande. Notre relation est entre semi-fermée (pour moi) et semi-ouverte (pour lui). Pas grave, je continue sur ma lancée. Rien de tel que l'audace verbale pour désamorcer la gêne. Je décide d'attaquer fort :

— … Je me disais que quelques pénétrations récentes, joyeuses et consenties m'autorisaient à t'appeler « chéri ». Quelques joyeuses fellations aussi. Et depuis quand tu te fades du fado ?

Silence. Puis, d'une voix hésitante :

— Madame Gall, c'est M. Alvarez… de la loge. Je crois que vous avez fait une erreur de numéro.

Je suis tétanisée.

Au rez-de-chaussée, M. Alvarez doit cligner des yeux, sentir que son rythme cardiaque s'emballe et je l'imagine porter instinctivement un regard latéral vers Mme Alvarez occupée à faire faire des allers-retours au fer à repasser sur sa planche.

M. Alvarez ne s'attendait pas forcément en ce dimanche matin du mois de mai à ce qu'on lui donne du « mon chéri », ni que je fasse référence à quelques effets de style à caractère intime qui n'avaient jamais atteint ses pensées. Encore moins que je m'autorise un avis sur ses choix musicaux en lien avec ses origines lusitaniennes.

Je cherche la façon la plus digne de mettre un terme à cette conversation, mais la honte m'engloutit. Confuse de ma méprise, après de plates et brèves excuses, je raccroche.

Tout en réfléchissant à cette erreur d'aiguillage incompréhensible, je rappelle Lucien, mais c'est à nouveau M. Alvarez qui décroche.

— Pardon, monsieur Alvarez, je suis désolée, oui c'est bien une erreur.

Et je raccroche vite à nouveau avant de subir nos gênes respectives.

— GALAAAAA !

La seule explication qui me vient, mais qu'une partie de mon cerveau n'ose encore comprendre, est que ma fille chérie a modifié dans mes contacts l'attribution d'un nom au numéro de téléphone correspondant. Quand je tape Lucien, c'est M. Alvarez qui répond.

Je suis furieuse.

Elle va m'entendre, oui, elle va m'entendre. Un ricanement virtuel derrière mon oreille me rappelle qu'elle m'a rendue souvent furieuse mais qu'elle ne m'a jamais beaucoup « entendue ». Je respire à fond, me mets en condition et débarque dans sa chambre en hurlant.

— GALAAAAA ! Mais comment tu peux me faire des choses comme ça ? Comment ? C'est quoi ton problème ?

— Hé, on frappe avant d'entrer !

— Ah ça oui, je vais frapper, et fort même si tu continues à m'empoisonner la vie.

— Je vois que Mims est en colère, qu'est-ce que j'ai encore fait ?

— Mais qu'est-ce qu'il t'a fait, Lucien ? Et M. Alvarez, qu'est-ce qu'il t'a fait, hein, M. Alvarez ?

— Alleeez, c'est drôle, on s'en fout de Lucien.

Normalement je dois continuer à hurler, je ne dois pas lâcher, ni banaliser, encore moins rigoler. Mais quand je vois ses yeux implorants, ses mains qui se joignent, son presque pardon, et sa mèche blonde qui tombe sur l'œil, je n'ai pas les mots, ni la force, ni l'envie, ni la rancœur. Je suis nulle dans la colère, celle-ci n'est jamais bien adaptée. Je me méfie de mes impulsions, qui me font abandonner ma fille sur une route en Amérique, et de ma faiblesse quand elle utilise ma carte de crédit. Ma sévérité est immature. Je peux monter dans les tours pour trois fois rien, et laisser passer une action grave avec l'énergie d'un bulot. Et comme c'est mon humeur qui décide, et pas moi, la crainte de mon attitude inadaptée offre au bulot la possibilité de prendre les commandes de mes réactions.

— C'est moi qui décide si je me fous de Lucien ou pas, ce n'est pas toi !

— Oh là là, on se calme, prends quelque chose, c'est le week-end, il fait beau, la vie est belle, relax Max, c'était juste une blagounette.

— Mais enfin, je ne comprends pas, qu'est-ce qu'il t'a fait Lucien ?

— Pour l'instant rien.

Je recherche la carte de visite que Lucien m'avait donnée lors de notre première rencontre. Je compose alors le numéro de téléphone fixe, cette fois, et c'est le nom de Denis P. qui apparaît sur l'écran.

Denis, le père de Gala.

Je raccroche avant que Lucien ne décroche.

Je sens à distance la jouissance de Mme Marin quand je vais lui dire que ma fille a interverti sur mon téléphone le nom de mon amant avec celui du gardien et de son père.

Après avoir remis en place la bonne attribution des noms aux numéros de téléphone, je retourne dans la chambre de ma fille pour une dernière couche de réprimande.

— Gala, est-ce que je vais avoir d'autres surprises du genre ? Si j'appelle l'Agence, je tombe sur qui ?

— Je ne touche pas au travail, j'ai des principes.

Depuis que Denis a quitté Paris et notre appartement, j'ai ma Gala tous les week-ends. J'en suis ravie et, en même temps, je me débats avec l'idée que « tous » les week-ends quand on travaille et qu'on vit seule, c'est beaucoup, c'est même trop. Je me demande si les couples ne se séparent pas aussi pour être tranquilles un week-end sur deux. L'amour filial ou marital est un inhibiteur de liberté, et, en même temps, quel bonheur que d'être enchaînée de la sorte. Ainsi, écartelée entre des énergies incompatibles, j'erre entre le besoin de décompresser d'une agence envahissante et la nécessité d'inventer de doux moments à partager avec ma fille. L'agence avale mon énergie, mon imagination et mon temps. Ma fille est mon autre bataille.

Qu'allons-nous faire aujourd'hui ? Cette éternelle question me renvoie à mon manque d'aptitude à organiser un programme séduisant à partager avec ma fille adolescente, en milieu urbain, par grand soleil. La plupart des mères ont l'imagination originellement greffée pour ce genre de choses. Pas moi.

Si le dimanche pluvieux offre la possibilité d'un cinéma, je redoute le dimanche ensoleillé. Ne parlons pas des goûters d'anniversaire : faire des gâteaux, trouver des clowns dispo, confectionner des cartons d'invitation a été ma hantise. Quand je repense à l'anniversaire des dix ans de Gwenola de Saint-Gobain dans leur moulin de famille, j'ai envie de me mettre la tête dans un torchon et de sauter. Les garçons repartaient avec l'« Electric board » qu'ils avaient eux-mêmes réalisé, et les filles portaient la robe de fée qu'elles avaient elles-mêmes confectionnée. Une bonne dizaine d'étudiants anglo-saxons devaient les aider à terminer leur ouvrage. Luxueux, inventif, généreux… mais aussi outrancier et culpabilisant.

Encore un nouvel élément en faveur de mon indignité maternelle.

Questionner Mme Marin sur mes manques d'implication et mon épisodique haine de soi.

— Salut Mims, je m'en vais.

Je n'ai pas le temps de lui demander où elle va que Gala est déjà sortie. Mon « Ne rentre pas tard » se perd dans l'escalier et ne rencontre aucun écho. Quand j'entends la porte de l'ascenseur qui s'ouvre au rez-de-chaussée, je renchéris :

— N'oublie pas que demain matin on a Mme Marin à 8 heures.

Voilà qui résout mon questionnement présent sur l'activité d'une mère et son ado, par grand soleil, en milieu urbain.

Je pourrais appeler une amie, lire un livre, aller au cinéma, trier des vêtements, mais balayant l'idée d'un loisir ou d'une relaxation dominicale, voilà que la stratégie de la moutarde Adora me monte au nez et s'invite dans ma tête pour y prendre absolument toute la place. De manière quasi hypnotique, je commence à chercher des accroches, des jeux de mots, des visuels... De crainte d'oublier les détails de ma frénésie mentale, je prends un papier, un stylo et j'écris, je dessine, j'invente, je griffonne, avant d'aligner des chiffres pour faire mon budget.

Demain matin, j'enfilerai ma tenue de femme puissante, libre, dirigeante d'entreprise. Mais en attendant, je reste une mère qui s'est rendue disponible pour sa fille, laquelle n'en demandait pas tant.

Nous voilà, Gala et moi, au cabinet de Mme Marin, en ce lundi matin, juste avant qu'elle ne reparte pour sa pension.

Gala s'installe comme si elle était chez elle, sûre de son pouvoir sur les deux femmes qui l'entourent. Mme Marin joue avec habileté sa partition et, sans jugement, demande à Gala des précisions sur ses actes. Pourquoi avez-vous fait ceci ?

— Je ne sais pas, répond Gala.

— Et vous, Madame Gall, que ressentez-vous ?

Au fond de moi, la vérité est que je ressens que nous aurions pu faire mieux en termes d'axe de campagne. Franchement, arriver avec seulement deux pistes pour cette compétition décisive pour l'Agence, c'est léger.

— Je ressens un sentiment d'inefficacité.

C'est toujours quand tout est dans la boîte qu'il me vient d'autres idées…

— Et d'impuissance par rapport à ma responsabilité de mère.

J'aurais pu mettre une team créa en plus, le budget en vaut la peine.

Face à Mme Marin, Gala argumente, se défend, minimise chacun de ses actes, pourtant répréhensibles, et rectifie avec une faible véhémence ses modes opératoires. Elle n'hésite pas à nier certains détails.

— C'était juste un emprunt de quelques jours, n'exagérons rien, et en plus tu ne t'en serais jamais rendu compte si l'autre abruti n'était pas allé pleurer auprès de sa môman.

— Mais pourquoi vous avez voulu faire des photos de ce jeune garçon ?

— Parce que c'est amusant.

— Qu'est-ce qui vous a fait croire que cela allait être possible ?

— Lui.

Pour me donner une contenance, je prends des notes ou fais semblant. Mais mon esprit est définitivement ailleurs. Tout d'un coup, je doute de tout ; de moi, de mon aptitude à diriger mon entreprise, de ma reco Adora et la réalité du moment me ramène à mon incompétence avérée à élever un enfant correctement. Pour preuve, ma présence ici. Si un knout apparaissait dans mon champ de vision, je serais capable de me flageller. Au lieu de répéter la présentation, je suis là à écouter une bonne femme payée une fortune pour identifier des lacunes et trouver des solutions. J'ai envie de hurler que j'ai d'autres priorités, que je dois gagner ce budget à tout prix. Le knout apparaît, je le vire de mon esprit et je cherche dans mon mental une couronne que je poserais sur ma tête juste quelques secondes, histoire de reprendre un peu confiance, une couronne, une reine, Adora, je sens qu'on tient un truc avec la couronne et la moutarde. Nous sommes concentrées sur les photos du book de mannequin, sur les ventes de faux sacs et sur le trafic de verveine. Je n'ai pas le courage d'aborder les blagues d'attribution de noms sur mon téléphone, ni la commande de la Torah, ni le tatouage.

Je devrais être sur le pont avec mon équipe et non dans le cabinet de quelqu'un qui me met la tête sous l'eau à cause de ma fille. En réponse à Mme Marin, qui me demande si ma famille pourrait être plus présente dans notre vie, je m'entends dire que nous irons peut-être les voir cet été.

Je me déteste. Je suis faible. La couronne s'évapore, le knout réapparaît. Je ne la sens pas bien cette présentation, et je sais surtout que nous n'irons pas chez mes parents cet été.

Alors que je suis en train de payer la séance, mon regard s'attarde sur le bureau de Mme Marin : des livres, un sur les pervers narcissiques, un autre sur la TCC, un opus en anglais sur la méditation pleine conscience. Quelque chose me dérange, mais quoi ? Son gros agenda rempli de papiers, le sous-main, un trousseau de clefs, un coupe-papier, une pochette…

Tiens, nous avons la même pochette, celle que Gala voulait m'emprunter pour le shabbat de Suzanna. La pochette Gucci. Je ne l'ai pas revue depuis. Elle doit être quelque part à la maison. Allez, stop le fiel, on a la patate ! Et de me répéter dans ma tête que ma fille est polie, jolie, réfléchie et structurée, et qu'elle a un QI de compétition.

Avant de partir, Mme Marin glisse une petite phrase annonçant les festivités à venir.

— Nous n'avons pas beaucoup parlé du papa de Gala. Serait-il possible de lui proposer de se joindre à nous pour une prochaine séance ?

Alors, comme un cri du cœur qui jaillit de nos gorges, s'élève d'une même voix un « NOOON » qui signifie qu'au moins, sur ce plan-là, Gala et moi sommes d'accord.

Mais pas pour les mêmes raisons.

Après la séance psy, je dépose Gala à la pension et j'arrive à temps pour le rendez-vous chez le client Unifoy. Je trouve une place pile devant l'immeuble ce qui augure le meilleur. Paloma, la commerciale de l'Agence, et responsable du développement, est déjà là. Elle est droite, hiératique, sérieuse, et porte un costume couleur jaune ocre dont je ne comprends pas tout de suite le sens.

— J'ai pensé que m'habiller aux couleurs de la marque nous donnerait l'avantage.

Après avoir précisé l'objet de notre rendez-vous, l'hôtesse nous demande nos papiers d'identité. Elle recopie nos noms sur l'ordinateur puis insère l'étiquette imprimée dans un gros badge en plastique que nous accrochons sur le revers de nos vestes.

Pour ma part, je porte la tenue de la WIN – tailleur jupe Hugo Boss gris, chemisier Armani –, celle des compétitions remportées. C'est une superstition vestimentaire qui s'avère efficace, surtout quand j'y ajoute un brushing lisse, des ongles beiges et un léger maquillage. Dans ces cas-là, j'exsude l'autorité, la compétence et la sympathie. Je suis sûre de moi, et, dans mes fantasmes, aucun prospect ne me résiste… Souvent ça marche.

Enfin, ça marchait, car depuis quelque temps la tenue de la WIN et ses artifices ne suffisent plus. De nouveaux arrivants sur ce marché du « brand content » s'apprêtent à nous dépecer tout comme je l'ai fait avec mon concurrent quinze ans auparavant.

Mais ils n'ont pas la tenue de la WIN ! me dis-je en moi-même pour me consoler, ni de collaboratrice aux couleurs du produit.

Nous prenons place dans des fauteuils Knoll, en attendant d'être appelées.

C'est une compétition importante pour l'agence qui traverse un moment difficile.

Paloma et moi revoyons rapidement notre présentation. J'évacue mes doutes du matin. Oui, je crois que c'est bien, je nous congratule une dernière fois pour nous donner confiance.

Un groupe de personnes avance vers la sortie. J'aperçois notre prospect. À côté de lui, je reconnais une ancienne stagiaire de l'agence qui nous a quittées il y a peu de temps. Elle est accompagnée d'un cadre commercial (mèche brushée et chemise blanche) et d'un jeune homme à l'allure plus désinvolte qui semble être le directeur artistique (mal rasé, tee-shirt noir). L'équipe s'avance en une grappe solidaire. Ils passent devant nous. Ils sont jeunes, beaux et ce sont nos concurrents. La chef produit les remercie, les félicite et les salue.

Puis elle s'approche de nous et, d'une voix doucereuse, nous demande de lui accorder encore cinq minutes.

J'enrage. L'ex-stagiaire nous a vues, mais a détourné très vite le regard, gênée. J'espère qu'elle ressent de la honte. Que la foudre lui tombe dessus. Cette salope est partie avec notre fichier clients et prospects, s'est fait embaucher ailleurs. Le temps que j'ai passé à la former, à lui expliquer les mécanismes de notre métier, et la voilà qui fait la belle dans son blazer Zara. J'avance un sourire contrôlé quand la chef produit revient nous chercher.

C'est à nous.

Notre présentation dure cinquante-cinq minutes. Rien à dire. Nous avons tout donné. Des sourires entendus, des références pointues, une musicalité ordonnée, une chorégraphie alignée, notre pas de deux a frisé la perfection, c'est en tout cas ma perception.

Nous rentrons dans ma voiture et, dans le silence, la pression retombe lentement.

— Et le directeur du marketing qui vous a donné du colonel Moutarde, il était tellement content de sa vanne nulle. Je crois que ça va le faire, dis-je. Hein, Paloma ? En tout cas bravo, je vous félicite, vous avez été super.

C'est à ce moment précis que Paloma m'assène le coup de massue qui m'enlève le sourire et me met K.O.

— Je ne sais pas si c'est le bon moment, mais je dois vous dire que j'ai une opportunité de travail que je ne peux refuser. Je vais partir.

— Quoi ? Mais non ! Mais pourquoi ? Pour l'argent ?… On peut en parler.

— Je passe à la concurrence.

En tauromachie, quand le taureau a bien été bien piqué par les picadors, bien baladé par le toréador et que celui-ci lui a planté son épée au niveau du cou, il arrive que le taureau bouge encore. Le public hurle sa *bronca*, car l'épée a raté la bonne artère qui aurait tué net le taureau. Alors le matador revient dans l'arène avec une sorte de dague appelée *puntilla*, qui va servir à achever le taureau.

« Je pars… », c'est l'épée.

« … à la concurrence », c'est la *puntilla*.

Je demande un rendez-vous d'urgence à ma psy. « Vous avez de la chance, j'ai un désistement », dit Mme Marin qui me reçoit pour la deuxième fois cette semaine. Pendant les cinq premières minutes, je ne dis rien. Évoquer la démission de Paloma ne sert à rien, elle est psy, pas coach d'entreprise, encore moins boîte de recrutement. Et en même temps, c'est ce dont je voudrais parler.

— Pourquoi la démission d'une collaboratrice déclenche-t-elle chez vous un sentiment d'abandon ? Ce n'est pas la première fois, j'imagine, demande Mme Marin.

— La période est difficile et je me sens de plus en plus seule. Paloma, ma collaboratrice, est libre de faire une chose que je ne peux plus faire : partir. Je suis toujours partie. J'ai toujours quitté, une ville, un appartement, ou un homme. Et là je suis coincée.

— Comme l'était votre mère ?

— Oui, sûrement, ma mère avait les courses, le ménage et un vide abyssal qui remplissaient sa vie faite de cuisine et de dépendance. Mon père avait son négoce, son fils et nourrissait une grande indifférence envers les femmes qui n'étaient pas ses maîtresses, ou pouvaient le devenir. Vous grandissez dans une cellule familiale où l'on ne parle pas aux femmes, simplement parce qu'on ne les voit pas. Cette invisibilité fait naître une forme de rage. Une envie d'exister avec force et de bouleverser ce qui est inscrit comme un usage acquis et indéfectible. Je n'avais pas l'intention d'être le passeur d'une vie tracée selon des principes millénaires. Ne plus être le maillon faible de la chaîne patriarcale. Quitter le passé imparfait pour un futur inconnu, et tricoter les ficelles du moment présent à l'instinct en espérant l'alignement des étoiles.

— Quitter, oui, mais pour aller vers un endroit précis ou pour en fuir un autre ?

— Quand on veut fuir, les rêves d'ailleurs se bousculent, l'important étant le rêve, pas le lieu. J'ai eu de la chance aussi. Du point de vue physique, d'abord, disons que le mélange de l'ADN de mes parents a produit un éclat de type moyen plus. Une chance, car la rencontre de l'ovocyte de ma mère avec le spermatozoïde d'à côté m'aurait sans doute attribué un cou tout court, un nez trop long et un mauvais cholestérol, des caractéristiques présentes des deux côtés de ma parentèle.

» J'ai pu vérifier à plusieurs reprises à quel point un physique gracieux donne le ticket d'entrée à de nombreuses forteresses, et à quel point de ces quatre caractéristiques, à savoir, la naissance, l'intelligence, la beauté ou le bon caractère, c'est indiscutablement la beauté qui permet d'ouvrir le plus de portes sans trop d'effort. C'est elle qui vous propose l'ascenseur social le plus rapide, celui dans lequel vous êtes libre de monter ou pas. Le physique est la première grande injustice. Bref, ne courant pas dans la catégorie « beauté fatale », il a quand même fallu travailler, persévérer, avec le sourire s'il vous plaît, pour que la chance s'invite à proximité.

» Quand Gala est arrivée dans ma vie, un tsunami d'amour, de tendresse et de joie démesurée s'est emparé de moi. Elle serait l'extension de moi-même en plus armée, elle serait ma revanche, elle serait moi en mieux.

» Voilà pourquoi, dis-je en regardant Mme Marin avec des pistolets oculaires, il est hors de question, mais hors de question, que ma fille prenne l'ascenseur social dans l'autre sens.

Je ne sais plus sur quel ton cette dernière phrase est prononcée, mais la violence est telle que Mme Marin, pourtant rompue aux émois passionnés, cligne des yeux comme si une flamme lui avait sauté au visage. Elle semble vouloir arrêter la séance, mais il reste encore dix minutes et le patient suivant n'est pas encore arrivé.

Alors elle tente une fois de plus :

— Parlez-moi du père de Gala.

J'avais rencontré Denis dans un ascenseur.

En l'espace de cinq étages, il avait réussi à m'arracher un sourire, et un rendez-vous. Un humour non partagé ou un étage moins élevé aurait donné à ma vie une autre orientation. Mais laquelle ? On passe la fin de son existence à se le demander.

Installé sur le cuir moelleux d'un siège de bureau un peu design, Denis égrenait des vannes à jet continu à l'attention d'un auditoire composé de trois pintades à bonnet C et de deux garçons fadasses qui buvaient en plus de ses paroles un vin pétillant un peu tiède. Denis me proposa une coupe de crémant que j'acceptai par la curiosité de voir comment ce dragueur effronté allait s'y prendre pour me séduire.

Denis brillait, pavoisait, faisait la roue, alternant boutades et gravité.

Il dirigeait la rédaction de *Newsex*, un magazine de charme et d'aventure, ce qui le rendait invincible sur les sujets comme la raie manta ou le bondage nippon. Mais sa culture s'égarait volontiers après quelques verres.

Ainsi s'exprimait-il avec aisance sur des sujets plus pointus sur lesquels il était même capable d'avoir un point de vue : l'église au Moyen Âge, l'art roman, Fernand Braudel, Restif de la Bretonne, le psautier de Mudil…

L'oie blanche que j'étais n'en demandait pas tant pour frétiller poliment.

— Quel est le rapport entre l'aventure, le sexe et l'histoire de France ? avais-je questionné.

— Aucun, avait répondu Denis. Ce sont juste des centres d'intérêt convergents.

Denis était journaliste, historien, pornographe et drôle. Toute gorgée de ma timidité provinciale, je m'étais installée dans un coin avec mon crémant pour mieux observer la brochette des créatures en présence quand le téléphone sonna.

C'était Johnny.

Oui, Johnny.

Le silence s'installa alors dans la pièce. Les dindes à pectoraux se turent, les garçons de bain arrêtèrent leur respiration, et les oreilles de chacun se dilatèrent pour mieux entendre ce qui se disait. Entre chuchotements et éclats de rire, on comprit que Denis et Johnny étaient de vieux camarades.

Quinze ans plus tard, je me demande si c'était vraiment Johnny au bout du fil ce jour-là. En tout cas, sous mon gouvernement, nous ne l'avons jamais vu et il n'a plus jamais rappelé.

À partir de là, les choses s'étaient enchaînées très vite. Et moi avec. Deux déjeuners dans le coin, un dîner, l'hôtel. Puis l'envie de plus. Le tempo normal pour la mise en route d'une relation. Denis respirait la disponibilité, même s'il était difficile d'avoir de son passé une chronologie précise.

La relation démarra dans une passion fulgurante. Denis était solaire, cultivé, et invité partout grâce à l'ambiance joyeuse qu'il était capable d'apporter au moindre dîner un peu bourgeois. Tout ce qui s'annonçait ennuyeux se transformait en festival du rire. Ses blagues étaient provocantes, son rire communicatif, son lever de coude légendaire.

Parfois, un trop-plein de Moyen Âge lui faisait perdre une partie de son auditoire (qui avait lu Crébillon fils ou Pierre de l'Estoile ?), mais il rattrapait son monde en reroutant la conversation sur le sexe, sujet sur lequel presque tout le monde avait sinon un point de vue du moins une écoute attentive.

Les deux univers lui garantissaient d'être seul en piste. Le dîner se transformait alors en monologue, écartant les contradicteurs, séduisant les demoiselles, éteignant tous les autres.

C'était son passé qui souffrait d'opacité, et Denis laissa poser dessus aussi longtemps que possible un voile mystérieux.

L'amour s'installa comme une évidence, l'amour fou comme le sens de la vie, le seul qui mérite d'être là sur cette terre. Fait de folies partagées, de sexe créatif, et de bons vins, cet amour plein d'absolu et d'allant fut bu trop vite, atteignit la lie trop tôt, et en même temps trop tard.

En effet, six mois après ce premier rendez-vous, tout comme ma mère au même âge (mais sous d'autres cieux) je me retrouvai lestée de ce qui représente pour certains un heureux événement et pour d'autres une énorme tuile.

Les deux traits bleus qui s'étaient formés sur le stylet m'avaient d'abord plongée dans la panique. Normal, j'allais avoir un enfant avec un homme plus âgé, au passé et au futur incertain. Mais mon corps avait décidé que c'était le moment, et la certitude s'était incrustée au plus profond de moi jusqu'à en dissoudre le doute.

Face à la joie de Denis, et à l'amour encore vibrant de cet instant de grâce, aucune autre option ne fut évoquée. Nous nous installâmes dans un petit appartement du côté de la Butte-aux-Cailles. Mais le bonheur de cette décision un peu folle d'être parents dura surtout le temps de la gestation.

Dans l'euphorie des sentiments nouveaux, la parole de l'être aimé n'est jamais contestée. On craint que la vérité du passé n'altère l'extase du présent. Ce n'est donc que petit à petit, sur le tas, mais surtout sur le tard, que j'appris les détails de ses vies d'avant.

Denis avait de nombreuses ex-femmes et beaucoup d'enfants plus ou moins référencés à l'état civil. Il était un intellectuel doublé d'un amoureux compulsif avec cette caractéristique qu'il aimait les enfants au point d'en vouloir à chacune de ses passions. Une fois l'enfant né, Denis était moins concerné. Il aimait la femme, mais moins la mère. Il avait même pour toute mère une détestation suspecte.

Tout son amour était voué à l'enfant pendant un certain temps. Ensuite, Denis disparaissait.

L'opération s'était reproduite quatre fois déjà.

Enfin officiellement.

La dispute dans la voiture du retour de la maternité fut le premier grain de sable qui grippa les rouages de la relation ; ensuite, c'est le désert entier qui me tomba dessus.

Bien sûr, un heureux événement n'arrivant jamais seul, juste avant l'arrivée du bébé, la direction du groupe prit la décision inopinée d'arrêter le magazine *NewSex*. Ce fut une déflagration. La raison était que la presse en général commençait à tousser, et les ventes n'épargnaient pas un titre passé de mode que la publicité boudait. Les sujets peinaient à se renouveler, et Denis aussi s'était lassé. Il fut replacé à la rédaction en chef d'*EUX*, un magazine généraliste masculin dont l'orientation consumériste inspirait son mépris. Denis, s'estimant rétrogradé, ne considéra pas cette offre en rapport avec ses compétences passées ni avec ses envies du moment, et décida de ne plus JAMAIS aller au bureau. La RH du groupe, un peu déstabilisée par cette attitude qui manquait de discernement, mais pas de panache, continua de verser son salaire pendant les trois mois réglementaires, puis, au terme de ce délai, Denis reçut son solde de tout compte accompagné d'une lettre envoyée en recommandé décrivant dans un jargon juridique sa démission de fait. Un cas rare qui devait le priver définitivement de salaire, d'indemnités et d'un chômage qui, au regard des circonstances, aurait pourtant été le bienvenu.

En gros, j'allais avoir un enfant d'un homme qui en avait déjà quatre dont il ne s'occupait pas, et, comme une cerise lourde d'une tonne posée sur un gâteau déjà bien chargé : qui était désormais sans emploi.

Mais regrette-t-on d'avoir cédé à une passion amoureuse, quand bien même celle-ci aurait été réitérée plusieurs fois avec d'autres de la même façon ?

Denis était un homme qui aimait les femmes, certes, mais, intensément, et les unes après les autres.

Mes parents étaient circonspects, et ne savaient quelle partition jouer entre leur fille qui n'en faisait qu'à sa tête et ne disait pas tout et leur nouveau gendre qui leur parlait de choses auxquelles ils ne comprenaient rien. Mon père, Henri Gall, qui avait toujours eu l'obsession du nom, comme si celui-ci révélait la noblesse d'un ancêtre victorieux des croisades, ne cacha pas qu'il aurait préféré un garçon qui porte le sien. Sauf que Gala Gall n'était pas envisageable. Le nom de famille de Denis n'était pas non plus le plus glamour, mais c'est quand même celui qui fut donné à l'enfant.

Ma mère, philosophe, avait ajouté que, par bonheur, ma fille pourrait toujours changer de nom avec son mariage, c'est l'avantage des femmes. À la condition de bien choisir, bien sûr, avait-elle précisé avec perfidie.

Comme avec ses précédents enfants, Denis voua un amour insensé et quasi exclusif à sa fille jusqu'à ses neuf ans. Ensuite, il s'évapora dans la nature, ne donnant ni nouvelles ni subsides jusqu'au jour où l'on apprit qu'il vivait dans l'Aisne et qu'il avait eu un autre enfant.

Il ne reste qu'un tout petit mois, et quelques contrôles, avant la fin de l'année. J'en viens à espérer que la professeure de dessin, à qui Gala a vendu plusieurs faux sacs, sera reconnaissante et appuiera son passage en première. Hélas, je crains surtout l'appel du père Jeantôt m'annonçant qu'il est désolé, mais qu'il ne peut inscrire Gala parmi les effectifs de la rentrée de septembre sans mettre en péril l'excellence légendaire de l'école.

C'est dans cette ambiance que Gala avait appelé son père pour lui dire qu'elle aimerait passer le week-end chez lui. Une nouvelle qui avait été positivement accueillie.

Denis avait quitté Paris pour partir vivre avec Gina, sa nouvelle épouse. Fidèle à ses habitudes, il avait cru bon de se reproduire encore une dernière fois, malgré leur âge respectif. Gina avait accouché de son premier enfant le jour de ses quarante-cinq ans. Un bonheur survenu grâce à sa détermination, aux encouragements de Denis, et à l'aide d'un médecin spécialiste en la matière. Elle avait accueilli Fabio comme un cadeau du ciel, presque un miracle. Depuis, sa passion pour son fils est infinie.

Un château du XVIIe siècle, un fils tout neuf, et l'aisance financière de Gina ont beaucoup assagi Denis qui depuis s'est confortablement installé dans une vie tranquille et cossue. Désormais, il s'occupe en écrivant des romans médiévaux qui ne paraîtront pas, dans lesquels il distille quelques coquineries qui font glousser Madame. Il a revisité ses idées maoïstes progressistes et a troqué sa parka multipoches et ses velours milleraies pour des vêtements aux matières plus légères, plus chaudes, plus nobles, et tellement plus conforts. Le soir, il fait la cuisine, une expertise découverte sur le tard. Sa spécialité est la pasta qu'il décline sous toutes ses formes en virtuose. Gina est ravie.

Ce n'est pas la première fois que Gala rejoint son père à Villers-Cotterêts. Mais si elle se réjouit d'y aller, elle sent bien qu'elle bouleverse cet univers familial dans lequel elle ne règne pas et ses séjours n'excèdent jamais trois jours. Elle est heureuse de voir son petit frère, je suis moi-même soulagée de voir l'attachement qu'elle lui porte, et surtout l'absence totale de rancœur qu'elle a vis-à-vis de son père.

Elle ne lui en veut de rien, et d'ailleurs pourquoi lui en voudrait-elle de quoi que ce soit ?

Gala adore son père d'un amour intense qui m'agace un peu. Je me surprends en train de hurler ET MOI ? POURQUOI MOI ON NE

M'ADORE PAS ? ET QU'EST-CE QU'IL FAIT POUR TOI ? Mais cela ne hurle que dans ma tête.

Il est parti, mais la faute m'incombe, prétend Gala. « Tu l'as fait fuir. » Comme on m'a toujours expliqué qu'il ne fallait briser l'image du père sous aucun prétexte, je me suis retenue de rappeler à ma fille que son archange de père était déjà parti du domicile conjugal à quatre reprises après avoir eu un enfant.

Je n'ai pas su le garder ?

Disons qu'il n'était pas rattrapable.

— Mais pourtant, il est toujours avec Gina, alors qu'ils ont eu Fabio, me rétorque Gala

Que répondre à ça ? Lui dire que maintenant son père est plus âgé, qu'il s'est assagi, que le temps calme les ardeurs de la plupart des hommes, qu'il éprouve moins le besoin de faire la roue dans les dîners en ville.

Alors, au lieu de m'embarquer dans des explications, j'élude et lui réponds :

— Ma chérie que j'aime, très bonne idée le week-end chez ton père. Tu me raconteras.

— Je vais surtout étudier.

— Ah, ça, c'est très bien, et quelles matières en priorité ?

— Mickaël m'a présentée au fils du rabbin Meyer. Comme je vais peut-être me convertir, je dois apprendre plein de choses.

— Mais pourquoi ? La religion de ta famille ne te convient pas ?

— C'est à cause de toi. Tu n'es pas juive. En tout cas pas assez.

— Ah bon, pardon d'avoir été baptisée. Et tu leur as dit que toi aussi tu étais baptisée ?

— Ils ne m'ont pas demandé… J'ai une idée, si tu te convertis toi, je serai juive automatiquement donc tu pourrais apprendre tout ça à ma place.

— Même là-dessus tu essaies de gruger. Non, pas question. J'ai déjà suffisamment de mal avec ma propre religion, je ne vais sûrement pas en changer. Quand je pense à toutes les heures que j'ai passées au catéchisme, j'aurais eu le temps d'apprendre au moins deux langues étrangères.

— Dont l'hébreu…

Le peu de relations que nous avons gardées avec Denis sont bonnes. Je n'attends rien de particulier de sa part, mais c'est le père de ma fille, il est donc concerné. Il doit être informé de la situation.

— Allô, Denis, il faut qu'on parle

— Tu es enceinte ? me dit-il.

Denis s'applique toujours à être facétieux dans les instants les plus complexes. Je vais avoir cinquante ans et, en effet, on pourrait s'amuser de ce genre de saillie si le sujet n'était pas aussi grave.

— C'est compliqué avec Gala. Elle risque d'être déscolarisée et si c'est le cas, aucun établissement « normal » ne l'acceptera.

— Mais elle n'a pas encore été renvoyée, alors pourquoi augurer du pire ? Je vois que tu es toujours autant positive, haha, et si la terre s'arrête de tourner demain, hein ? Qu'est-ce qu'on va devenir ?

Tandis qu'il éclate de rire en réponse à ce qu'il considère être un bon mot, je lui refais un petit historique de l'actuelle situation : les dérives de Gala, son intolérance à l'autorité, son potentiel, mon autorité vacillante. J'évite les détails intimes comme le sabotage de mes liaisons. Huit écoles en cinq ans tout de même. Un record. Les écoles qui ont leur façon bien à elles de virer les élèves difficiles en des termes comme : « Mettez-la ailleurs, elle ne sera pas heureuse chez nous » qui n'est qu'une autre façon de dire : « Allez, dehors. »

— Mais où est donc passée l'école une et républicaine ? s'insurge Denis, adoptant un ton grandiloquent déconnecté de la circonstance.

— Oui, où ? dis-je en me demandant où va nous mener cette conversation.

— Je la prendrais bien avec moi à Villers, mais encore faudrait-il qu'elle soit acceptée dans un lycée du coin, et puis je ne suis pas sûr que Gina…

Oui, bien sûr, je ne vois pas pourquoi Gina prendrait Gala chez elle. Je ravale la réplique perfide qui menace de jaillir de ma bouche et me tais. Les problèmes de ma fille, qui sont aussi mes problèmes, ne sont de toute évidence pas ceux de son père. Cet échange ne peut que mal se terminer.

— Je vais parler avec elle le week-end prochain, dit-il, bottant en touche

Il n'en fera rien, j'en suis sûre.

Pourquoi l'ai-je appelé ? Je ne sais. J'espérais quoi ? Il est temps d'abréger. Je prétends avoir un autre appel pour éviter des reproches inutiles.

Aller marcher, loin et longtemps.

Respirer.

Ma fille en difficultés scolaires.
Son père indifférent.
Ma boîte qui prend l'eau.
Un homme qui m'échappe.
Je ne me sens pas très bien.

Je propose une promenade dans le quartier après le repas. C'est le genre de suggestion qui essuie habituellement un refus. Pas cette fois-ci. Le ciel se couvre d'un voile rose et délavé, l'air est doux, l'ambiance semble propice aux confidences. Alors que nous marchons, je prends la main de Gala sans savoir si le moment est bien choisi pour un débordement sentimental.

Elle ne la retire pas, la serre même un peu, ce qui m'autorise à aborder le sujet qui fâche :

— Que va-t-on faire si tu es renvoyée de cette école de la dernière chance, que restera-t-il ? Pourquoi j'ai reçu un message disant que tu n'étais pas là au dernier devoir ? Où étais-tu ?

En réponse, Gala hausse les épaules et sort de sa poche un billet de cinq cents euros.

— Au fait, c'est ce que j'avais pris sur ton compte en banque. Je te le rends, on est quitte maintenant.

J'ai l'impression d'avoir toujours un train de retard avec ma fille.

— Mais d'où tu sors ce billet de cinq cents euros ? Il n'y a plus que les dealers ou la Grande Épicerie du Bon Marché qui les accepte.

Alors que j'attends une explication, la voilà s'éloigne en sautillant.

— Ciao Mims.

— Mais Gala, on parle là, où vas-tu ?

— À la syna.

Dans un courant d'air, la porte se referme sur ces trois syllabes, sans avoir le temps de dire que « on est dimanche, tu repars demain à la pension, restons ensemble ».

De l'âge de huit ans et jusqu'à mes treize ans, tous les dimanches matin, je suis allée à la messe. L'idée était de ma mère, qui se sentait plus tranquille de me savoir à l'église plutôt qu'en vadrouille dans les rues du village à traîner avec ce qu'elle appelait « de mauvaises fréquentations ».

Elle ne se doutait pas que, chaque semaine, je subtilisais l'argent de la quête en faisant semblant de déposer une pièce dans la corbeille. Ma main, impie, piochait ce qu'elle pouvait. Ensuite, j'allais m'acheter des Carambars, des Biberinettes, des œufs, des Palett Z et des « hosties » pastel pleines de poudre.

Je ne peux désormais entrer dans une église sans demander pardon au Tout-Puissant. Ainsi, à chaque mariage, enterrement, baptême, attente de résultats (compétition, frottis, rupture non consentie) j'expie ce péché en déposant dans le tronc de la chapelle la plus proche le contenu de mon porte-monnaie.

À l'heure qu'il est, je ne devrais plus être débitrice du clergé, mais, au cas où, j'ai gardé l'habitude d'anesthésier ma culpabilité d'une piqûre de générosité. Et comme un clin d'œil que m'adresserait ce même Tout-Puissant, je ne peux m'empêcher de me dire que tout ce que me fait subir ma fille n'est qu'un juste retour des choses.

Encore pardon.

Aussi, quand Gala m'annonce qu'elle va à la « syna », je me dis, tout comme ma mère se le disait, qu'au moins là-bas rien ne peut lui arriver. En même temps, je lui souhaite de ne pas s'encombrer comme moi de sentiments coupables sur le long terme.

Aller à la syna représente une occasion de mettre du spirituel dans sa vie, là où son lycée religieux catholique semble avoir échoué.

Mais je ne suis pas dupe, l'occasion, c'est surtout Mickaël.

Brun, bouclé, tout en poils, Mickaël sait tout des errances scolaires de Gala et de son arrangement mensonger avec la religion. Cependant, pour son confort personnel, et afin de faire accepter sa petite copine à la table du shabbat familial, Mickaël préfère ne pas entrer dans les détails. Ses deux parents ont tous les deux l'observance plus festive que spirituelle, ils ne vont pas chipoter. Pour lui, Gala est juive ou presque. C'est suffisant.

Les cousins de Tel-Aviv, en revanche, risquent de se montrer plus circonspects… Il est question d'aller les voir en Israël cet été. Comment vont-ils accueillir Gala, avec son prénom de muse de magazine et son patronyme originaire du Loiret ? Bah, on verra bien.

Encore seule un dimanche.

La douceur émolliente de cet après-midi sans charme me donnerait presque l'envie de me lancer vers des choses futiles comme classer la vaisselle en rang d'utilité, ranger les pulls de l'armoire par couleur ou alors dénouer les colliers fantaisie. Alors que j'hésite encore sur l'activité la plus relaxante, et la moins cérébrale, je me rends dans la chambre de Gala pour y faire un peu de rangement. Non, pas forcément fouiller, juste remettre les choses à leur place, quand voilà qu'arrive sur mon téléphone un message de Lucien qui propose de passer dans l'instant.

Par la vertu d'un hasard que je commence à trouver récurrent, Lucien me dit qu'il est dans le quartier, tout près de mon immeuble. Peut-être même est-il devant ma porte.

Lucien me fout un peu la trouille avec son ubiquité et, en même temps, il a compris que la surprise d'apparaître à sa guise et son côté insaisissable me rendaient complètement folle de lui. Alors que mon cœur envoie des percussions, je lui réponds à quel point je suis heureuse de le voir tout en m'interrogeant sur trois points essentiels et liés : combien de temps peut durer le rendez-vous de Gala à la syna ? Suis-je bien épilée ? Et, suis-je assortie côté lingerie ?

Moins de dix minutes plus tard, Lucien est devant moi, une rose au bout d'un bras, une boîte de chocolat sous l'autre.

Son sourire et lui m'accueillent avec une gentillesse attentionnée.

Il m'embrasse très longuement, me caresse le dos et je l'invite à rentrer en pensant à ma première interrogation. Les dix dernières minutes m'ayant donné le temps de régler les deux autres.

— Je te dérange ?

— Un peu, mais pour mon plus grand bonheur.

— Fais ce que tu as à faire, je te prépare un thé et t'attends dans le salon.

Lucien dégouline d'un désir patient et j'aime ça.

— Chine ou Ceylan ?

— Ce que tu veux, fais comme chez toi, laisse-moi deux minutes pour vérifier quelque chose, et je suis à toi après.

Je tiens à paraître occupée, surtout que Lucien ne pense pas que je ne faisais rien.

Pendant que l'eau bout et que Lucien feuillette les magazines de mode pour y lire le crédit photo qui excitera sa jalousie professionnelle, je vais dans la chambre de Gala à la recherche d'indices. Pourquoi la syna ? Dans son sac d'école, je trouve des dessins assez incroyables, étranges, fantastiques, magnifiques. Je reste plusieurs minutes à les examiner. Que se passe-t-il dans la tête d'une gamine de quatorze ans qui dessine de telles choses ? De quoi sont faits ses rêves ? Penser à les montrer à la psy, ma psy, notre psy.

Quelle pagaille dans sa chambre ! Je ne suis jamais arrivée à faire en sorte que ma fille range sa chambre. Certains spécialistes affirment que le foutoir est un signe de créativité. Une information que j'ai eu le tort de délivrer à une de mes amies en présence de Gala qui, depuis, me le ressort de façon totalement inopportune pour justifier son désordre. Je ramasse ce qui traîne au sol : des feuilles, une culotte, le bâton mâchouillé d'une sucette, un briquet, une chaussure, un pantalon à l'envers en accordéon avec la culotte qui va avec, un cahier…

Sur la couverture illustrée de motifs psychédéliques, je lis « Cahier personnel – interdit » entre parenthèses « surtout à ma mère ». Je pose le dessin à côté et me détourne.

Non, me dis-je.

Non, pas ça… et pourtant.

C'est quand même tentant d'en savoir un peu plus. À peine un tout petit peu plus. Si j'étais sûre de ne découvrir que des recettes de cuisine écrites à la main, je ne pousserais pas aussi loin mon indiscrétion, mais là, si je ne lisais ne serait-ce que quelques lignes, j'en apprendrais davantage sur elle. J'y verrais la liste de ses clients, j'y découvrirais d'autres choses. Peut-être parle-t-elle aussi de moi ?

Ce qu'elle a dans la tête est là, tout près, à portée de main. Allez, qui le saura après tout ?

Mes mains ouvrent le cahier au hasard. Son écriture d'adolescente est parfois appuyée, nerveuse, les lettres forment des volutes et des circonvolutions qui remplissent la page. Les lignes penchent puis se redressent, s'inclinent dans l'autre sens. Quelques crayonnés confus ou oniriques égayent les textes. Ils représentent des insectes, des animaux étranges, ou rien du tout. C'est étrange, et beau à la fois. Je serais presque en train de m'émouvoir de la poésie graphique qui se dessine au fil des pages quand une phrase m'interpelle. Je la lis lentement à voix haute. Elle sonne comme une implosion dans ma tête « Hier j'ai pris quatorze ecsta… ouais bof bof. »

L'enfant à qui j'ai donné naissance un jour il y a quatorze ans ne peut avoir écrit une chose pareille. Est-ce vraiment son écriture ?

Je relis plusieurs fois ces mots. J'hésite à aller plus loin. C'est peut-être le cahier de quelqu'un d'autre. Ma poitrine se serre, ma respiration s'est suspendue et mon ventre se crispe. Ce n'est plus d'un psy dont j'ai besoin, c'est d'une double barrette de Lexomil.

Je feuillette quelques pages supplémentaires, je ne trouve rien de plus terrible que ça.

Depuis le salon, Lucien en gondole me demande d'une voix suave « avec sucre ou sans sucre ? ». J'ignore sa question, j'ai envie de disparaître.

Avant de ranger mes réflexions dans un ordre « solutions, causes ou conséquences », mes forces me lâchent et je m'effondre au sol comme un corps mort. Je me tourne sur le ventre, plaque ma joue sur le parquet avec lequel j'ai envie de fusionner, et suis d'accord pour me noyer dans mes larmes. Mes yeux pleins d'eau clignent en spasmes, la douleur me paralyse. J'attends que mes esprits se remettent en place avant de me redresser.

Je redoute mes élans impulsifs qui me font abandonner ma fille sur une autoroute. Mais là, on est monté d'un cran. Je pense à la scène finale de *Thelma et Louise*. À cet instant, je serais capable d'accélérer.

La drogue ? C'est un monde que je ne connais pas. Pour n'avoir jamais rien pris, pour m'étouffer à la vue du moindre pétard, pour avoir pris une tannée à quinze ans par mon père qui m'avait attrapée en train de crapoter, pour avoir vu une de mes amies mourir d'overdose bêtement, trop vite, trop jeune, trop tôt, je n'ai jamais pu m'en approcher.

Mais pas elle, pas ma fille, pas ma Gala. Comment n'ai-je rien vu ?

En plus, je ne vois pas comment il est possible de survivre à quatorze « ecsta ». Malgré le flot de larmes qui brouille ma vision, je poursuis la lecture du cahier, froidement, en réfléchissant le moins possible.

Je me méfie de mon cerveau reptilien qui peut me jouer des tours. « Ensuite, sur mon vélo, j'ai roulé les yeux fermés sans les mains, c'était la nuit, c'était magique, j'étais ivre, mais pas seulement. »

Elle se défonce et roule sur son vélo la nuit les yeux fermés ? Et si une voiture était arrivée en face ? Est-elle encore en vie à l'heure qu'il est ?

Plus loin, je lis :

« J'ai mis de l'Effexor pilé dans le verre à vin de ma mère (j'espère que je n'ai pas surdosé), et avec sa CB, suis allée à Argenteuil. RDV avec Youssef. Vive les bonbecs. »

Hypnotisée, pétrifiée, anéantie, une douleur sourde me fait basculer une fois de plus dans un vertige étourdissant.

Alerté par mes sanglots, Lucien arrive dans la chambre et me tend une tasse de Grand Yunnan.

— Qu'est-ce qui se passe, tu es tombée, tu t'es fait mal ?

— C'est ma fille.

Lucien prend l'air déçu de celui qui aurait préféré que j'aie une entorse. Entre deux hoquets, je lui lis les lignes les plus bouleversantes. Il semble mesurer l'ampleur de ma douleur, me prend le bras et reste comme ça sans rien dire pendant un moment.

Sa compassion se heurte à son indifférence.

Qu'est-ce que je peux faire ? Je macère dans mon affliction. Les minutes qui suivent sont longues. Je referme le cahier et me redresse. J'ai besoin d'un mouchoir, de mots tendres et d'un sucre dans mon thé.

Nous restons là, tous les deux, Lucien, immobile avec le sucrier, moi, dans mes larmes à la recherche d'un mouchoir. Alors que mes mots se bousculent dans une tempête d'émotions, Lucien reste calme et silencieux. Je le vois soupirer, se tourner, lever la tête, masser sa nuque. Je ne perçois pas son inconfort, jusqu'à ce qu'il m'avoue ne se sentir ni légitime ni compétent pour m'accompagner dans la gestion d'un pareil problème. Quand bien même il aurait envie de m'aider, il ne s'en sentirait pas capable ; de plus, il ne cautionne pas l'attitude indiscrète de fouiller dans les affaires de sa fille, et pour y chercher quoi d'abord ?

Sa réprobation est totale, même si elle est malvenue en ce moment de détresse. Je le suis jusqu'au salon tout en continuant à déballer mes plaintes. Et puis soudain, je m'arrête, car je comprends qu'il est extrêmement gêné, et qu'il cherche la sortie.

— On va changer le programme immédiat prévu, je crois qu'il vaut mieux que tu y ailles. J'ai besoin de réfléchir à tout ça.

Il prend le plateau, le rapporte à la cuisine. Ensuite, Lucien recule jusqu'à l'entrée et, tandis que je continue à me perdre dans mes émotions, il enfile son manteau dans une économie de geste digne d'un félin et me dit de sa voix la plus douce.

— Bon ben j'y vais, à très vite. Préservons notre relation de toutes contrariétés, ne gardons que l'agréable.

Je comprends ce que cela signifie, je ne bouge pas, désemparée. Il me souhaite bon courage, je lui souhaite bonne fin de journée. Il n'ose me répondre « toi aussi ». Je demeure immobile et meurtrie.

Lucien est parti avec sa commisération en réserve et je n'ai pas le cœur de lui en vouloir.

Je comprends. J'en veux à ma fille, à son père, aux mauvaises influences dans le sillage desquelles Gala s'est laissé porter, et surtout, je m'en veux à moi, terriblement coupable de mon absence de vigilance.

Coupable.

Je suis effondrée, non parce que j'ai trouvé le cahier intime de ma fille, mais parce que je l'ai lu. Mon narcissisme se débride d'un coup et me fait dire que je regrette d'avoir soulevé le couvercle de la boîte de Pandore. C'est trop tard pour s'en rendre compte. C'est fait. Et me voilà alourdie d'une vérité de plus qu'il va falloir gérer.

Lucien parti, je sèche mes larmes, et me ressaisis. J'appelle Gala, et tombe sur sa messagerie. Heureusement. Ne rien dire, ne rien faire à chaud. Tenir l'émotion à distance. Mieux vaut d'abord se calmer. Je laisse quand même un message lui demandant de me rappeler au plus tôt. Je me sens seule.

J'imagine qu'à la syna, c'est comme à la messe ou au théâtre, on doit éteindre son portable.

Mais entre nous, qu'est-ce qu'une gamine de quatorze ans, baptisée, peut bien faire à la synagogue ? La suite de son journal intime va peut-être apporter une réponse. Après tout, j'ai lu le plus difficile.

J'ai toujours son cahier à la main quand j'entends la clé dans la serrure. Un état de panique m'envahit. Je me précipite dans le salon et, le temps de cacher le cahier sous le coussin du canapé, la porte s'ouvre sur Gala.

La raison, l'intelligence, la bonne réaction sont souvent bien loin de cet état d'affolement profond ressenti lorsqu'un événement se produit. Mon émotion, quand elle grandit comme un Alien dans ma tête, peut prendre les commandes de mon esprit. Dans cet instant de terreur, il est probable que Gala remarque un truc étrange dans mon comportement. Il faut que je me calme. J'ai peur. Je me sens en faute, ce qui est un comble. C'est quand même ma fille qui devrait me craindre, pas le contraire. Des tremblements engourdissent mes mains, et mes yeux sont encore rouges de larmes. Tout en enlevant son blouson, ma fille ne me quitte pas des yeux. Elle sent qu'il y a le feu.

— Qu'est-ce que tu as ? On dirait une folle.

Gala n'est pas facile à affronter. Rien que sa question me glace. Même son bonjour le matin me fait reculer de trois mètres. Je ressens ses mots comme autant de coups de poing dans le cœur. Elle me paralyse, me tétanise, me place dans un état de sidération qui ne relève pas d'une relation « normale » entre une mère et sa fille. Mais à quoi ressemble la normalité ?

Je pourrais envisager le détachement, la légèreté, l'ironie, genre : Ma chérie, en rangeant ta chambre je suis tombée par hasard sur un cahier que je ne voulais pas lire. Mais ton journal était là, il me tendait les bras et disait « lis-moi, lis-moi ». Tu sais comment je suis quand on insiste, oui, tu le sais. Là, ma fille me regarderait un peu gênée et, pour casser un silence insistant et lourd, j'ajouterais : On en parle plus tard ? Mais la torpeur éloigne la théorie de la pratique et je suis terrifiée à l'idée qu'elle se mette en colère parce que j'ai lu dans son cahier intime comment elle m'a droguée avant de me piquer ma carte de crédit pour acheter des ecstasys en grande banlieue et qu'elle prétend avoir ingurgités en grande quantité.

Alors que des questions me taraudent et que je contiens ma rage, je regarde fixement Gala qui demeure immobile dans l'encadrement de la porte.

Elle plisse les yeux, avance le menton, comme pour exprimer une interrogation, attends une explication, une réaction à ce tableau.

La seule question qui me vient en tête prend les traits d'une branche à laquelle je m'agrippe.

— C'était comment la syna ?

— C'était fermé.

— Ah, mais je croyais que tu avais rendez-vous ?

— Oui, là-bas, mais c'était fermé. Et toi ça va ? T'es bizarre.

Je demeure immobile, paralysée par un sentiment qui oscille entre la peur à la fureur. Peur que ma fille s'aperçoive que j'ai lu son journal et fureur parce que je voudrais crever l'abcès, savoir ce qui ne va pas, comprendre la raison pour laquelle elle se met en danger avec la drogue et le vélo dans la nuit les yeux fermés. Je voudrais parler, mais comme je ne sais comment m'y prendre, je me tais.

Gala me passe au scanner de son intuition. Je crains sa réaction, sa colère, c'est le monde à l'envers.

Alors elle se dirige dans sa chambre, constate les affaires déplacées, bouge la chaise, ouvre et ferme l'armoire et revient d'un pas vif dans le salon :

— Tu as touché mes affaires, dit-elle doucement. Tu as fouillé dans mes affaires, dit-elle plus fort. Tu as pris mon cahier, ajoute-t-elle encore plus fort.

Je ne réponds pas, mais ce moment est au fondement d'une bascule qui va nous précipiter dans le chaos l'une et l'autre.

— Maman, je te parle.

— Et moi je te demande de ne pas me parler sur ce ton.

— Tu as pris mon cahier personnel, oui ou non ?

— Oui et je l'ai lu, je n'ai pas fouillé mais je suis tombée dessus.

— Ah oui, c'est ça, tu n'as pas fouillé ?

— Mais tu sais ce que ça m'a fait de lire que tu te défonces, que tu me drogues pour me prendre ma carte de crédit la nuit ? Tu imagines un peu comment je suis quand je lis ça ?

— Mais tu n'as pas à le lire, ça ne te regarde pas.

— Mais bien sûr que ça me regarde, je suis responsable de toi.

Gala passe en mode hystérique.

— Mais non, ce ne sont pas tes affaires, ce sont les miennes, j'ai droit à mes secrets, c'est ma vie, tu n'as pas à fouiller dans mes affaires. C'est du viol, je vais porter plainte. Rends-moi mon cahier.

RENDS-LE-MOI RENDS-LE-MOI RENDS-LE-MOI, hurle-t-elle.

Sauvages, linéaires et répétitifs, tels sont les cris que ma fille utilise pour obtenir ce qu'elle veut et qui ont le don de me paralyser.

Je me sens pleutre et pathétique quand ma main glisse sous le coussin du canapé pour en retirer le cahier. Gala se précipite sur moi et tente de me l'arracher des mains. Je me cramponne au journal, pas question que je le lui rende aussi vite. Je veux d'abord des explications. Mais dans nos rages respectives, les mots montent de plusieurs tons et les phrases hostiles démarrent leur escalade. Gala me donne un coup de pied que j'esquive de justesse. Je me protège d'un autre coup, mais elle attrape mes cheveux à pleine main et les tire, j'attrape les siens, je suis plus forte qu'elle et je ne veux pas de violence.

— Arrête ! je crie, c'est bon je vais te le rendre.

Mais elle ne m'écoute pas.

— Je t'ai dit d'arrêter.

Quand je parviens à me libérer d'elle, elle saisit la théière encore posée sur la table basse du salon et la lance vers moi. La théière pleine du thé encore chaud que Lucien a préparé s'écrase au sol avant de se briser en mille morceaux. Je ne suis plus en mesure de me protéger, tout va trop loin.

— Mais t'es malade ! Tu aurais pu me blesser.

Alors, le cahier, qui jusqu'à présent servait à me protéger des gifles, des coups, et des théières qui volent, va être utilisé pour lui frapper la joue. Pas très fort, mais suffisamment pour qu'elle porte ses mains au visage et crie :

— Tu m'as frappée ! Je vais appeler les flics. AU SECOURS AU SECOURS !

Je ne sais plus comment faire, mes gestes, mes mots, plus rien ne m'appartient.

— Calme-toi, je te demande de te calmer.

Elle part dans sa chambre. Avant de claquer la porte elle hurle :

— Tu me le paieras, tu n'as pas le droit de faire ça, j'appelle la police.

— Parce que toi tu as le droit de faire ce que tu as fait… ? N'oublie pas de leur dire ce que tu as avalé, et raconte-leur tes trafics aussi, et que tu voles ta mère.

Mais ma voix se perd dans la musique qu'elle met très fort, à fond, si fort que les vitres vibrent.

J'appelle mon médecin de famille.

Allô, docteur Clovera, est-il possible de survivre à la prise de quatorze pilules d'ecstasys ?

Non… pas moi… ma fille.

La connexion est coupée. Plus de contact. Deux heures plus tard, la musique a cessé. Je colle mon oreille à la porte, je toque, pas de réponse. Normal, nous sommes allées très loin dans cette dispute. Gala est fière et têtue, mais comme j'y pense depuis tout à l'heure, je démarre à travers la porte le long plaidoyer en faveur du respect, que j'ai eu le temps de macérer mentalement.

J'exige des aveux, des explications. Je fais part de ma détermination, j'explique ce à quoi je tiens et pourquoi j'y tiens. Pardon si je ne m'y prends pas toujours très bien, si j'utilise des mots inadaptés, ou de mauvais arguments. Gala, je t'aime. Mais on doit se parler. Et c'est quoi cette histoire d'ecsta ? Gala, tu ne peux plus continuer comme ça, les trafics de n'importe quoi, l'école que tu négliges, pourquoi aucune autorité n'a de prise sur toi, pourquoi on n'y arrive pas, pourquoi je n'y arrive pas… Je me retiens, mais mes larmes ne sont pas loin. Au bout de dix minutes ininterrompues d'un monologue dans lequel je lâche ma tristesse, ma colère, ma déception, ma rédemption, mon pardon, et mes mots d'amour éternels, je toque à nouveau et entrouvre la porte doucement.

— Gala ?

Alors, j'ouvre la porte en grand.

Il n'y a personne dans la chambre.

Le lit est défait.

La fenêtre est grande ouverte. Le rideau vole au-dehors.

Un post-it est collé sur la fenêtre. Je me précipite en imaginant le pire.

« Je vais à la pension, le père d'Elsa nous accompagne. »

Gala est partie discrètement par l'escalier de service de la cuisine. Je n'ai rien entendu. Je suis d'abord soulagée, bien sûr, puis j'ai un reflux de colère de m'être fait avoir en deux temps : mes mots dans le vide et ce post-it en pied de nez.

Mme Marin pense que si j'ai trouvé le journal intime de ma fille, c'est que celle-ci a fait exprès de le laisser traîner bien visible.

C'est un acte manqué, assure-t-elle, Gala cherche à dire quelque chose, à faire passer un message.

Je ne vais jamais dans sa chambre, il y a une femme de ménage qui range chaque semaine, après son passage du week-end, non, je ne pense pas qu'elle ait cherché à faire passer un quelconque message. J'y vois juste de la négligence. À demi-mot, j'avoue à ma psy que la mère pathétique que je suis n'a jamais obligé son enfant à ranger quoi que ce soit, ni à mettre son assiette dans le lave-vaisselle, ni à faire son lit. Les nounous et les femmes de ménage sont toujours passées derrière elle.

Une fois de plus, je charge ma propre mère qui m'a toujours interdit l'accès à la cuisine. Je n'avais pas le droit de mettre la table, de débarrasser, elle ne me demandait jamais de l'aider à plier les draps ou d'étendre le linge. La cuisine, le ménage étaient sa chasse gardée. Mme Marin prend des notes sur son cahier. Je préfère parler de ma mère, sur laquelle je suis inépuisable, plutôt que de ma fille, où je suis inexcusable.

— Et si votre mère voulait vous protéger de sa propre condition en vous interdisant toute participation ménagère ?

— Je n'y ai jamais pensé.

— Revenons à Gala, qu'avez-vous fait ensuite du cahier intime ?

Je marque une pause, me souviens que Mme Marin n'est pas là pour juger, mais pour m'accompagner dans mes errances de mère en désarroi. Pas question de lui mentir.

— Je n'ai pas eu le cœur de tout lire, vu l'état dans lequel ses cris et ses écrits m'ont plongée, je ne veux pas en savoir davantage. La lâcheté, la peur, le manque de courage et la culpabilité forment un drôle de cocktail. Je n'ai rien vu venir. Quatorze pilules de drogue, c'est beaucoup, il y a là urgence… Si c'est vrai, bien sûr, ça me paraît fou.

— Vous avez demandé à Gala des explications sur les quatorze ecstasys ?

— Oui, elle a piqué un fou rire, en disant « mais c'est n'importe quoi ».

— En tout cas, au cas où, si vous avez la possibilité de l'éloigner de tout ça, faites-le. Dans quelques semaines, ce sont les vacances scolaires. Emmenez votre fille loin des dealers, de l'échec scolaire et des contrefaçons…

Hier, Gala est partie en pension pour la semaine, laissant le chaos de la sphère privée en suspens. À l'agence, l'ambiance est à l'agitation.

Doris m'informe que Paloma est absente aujourd'hui et que Charles-Henri Begouen, le nouveau chef de groupe marketing d'Unifoy, vient d'arriver.

— Il est à l'accueil, dit-elle en chuchotant.

Il vient nous donner le brief d'une nouvelle campagne et c'est une très bonne nouvelle, une marque de confiance, la preuve que nous sommes toujours leur prestataire pour des actions sans compétition.

Moi qui pensais qu'Unifoy allait nous quitter.

J'ai derrière moi une nuit de totale insomnie passée à ressasser la scène de l'affrontement en imaginant une meilleure réaction. Le vin blanc avalé, seule devant un mauvais téléfilm, y est pour beaucoup. Quelle frayeur à la vue du post-it et la fenêtre ouverte. Quel soulagement de lire que Gala partait à la pension directement avec le père d'Elsa. Finalement, tout s'arrange et je décide d'être de bonne humeur.

Au moment où je rassemble mes dossiers et vais retrouver notre client, ma ligne directe sonne. Doris prend.

— Ne quittez pas, je vais voir si elle est là… C'est Mlle de Ferluc de l'école de votre fille.

— Dites-lui que je la rappelle et installez Charles-Henri en salle de réunion, proposez-lui un café, prévenez Carla, Paloma et la créa, j'arrive.

Béata, la directrice artistique, passe une tête et demande si sa présence à la réunion est indispensable.

— Tout le monde sur le pont Béata, merci.

Doris, qui a toujours Mlle de Ferluc en ligne, me rappelle l'absence de Paloma et m'interpelle à nouveau.

— Pardon, mais l'école insiste pour vous parler, ça a l'air urgent.

— OK, je prends.

Dans ma tête, une pensée s'affiche qui ressemble à un : pfff, quoi encore ?

Ma bonne humeur de départ est une résolution balayée en deux mots par Mlle de Ferluc.

— Pouvez-vous venir récupérer Gala dès que possible ?

Je sens comme un tremblement lacrymal de sa part sur les ondes téléphoniques et je maintiens mon calme avec la dignité qu'impose mon environnement immédiat.

— Que se passe-t-il ? Gala a fait quelque chose ? dis-je d'un ton qui exprime la nervosité et l'impatience de celle dont le client attend à l'accueil.

Mlle de Ferluc répond de manière automatique.

— Pardon, je n'ai pas les mots, mais il s'est passé quelque chose de difficile à dire et encore plus à accepter. Un drame, précise-t-elle.

— C'est Gala ?

— Non, ce n'est pas Gala.

Un drame qui ne concerne pas Gala ? Intérieurement, je souffle.

— Elsa, une élève de seconde, est tombée du grand portail en essayant de passer de l'autre côté. (Mlle de Ferluc, pourtant rompue à la retenue, a la voix qui chevrote.) La petite est aux urgences, le pronostic vital est engagé. Les enfants sont en état de choc surtout à cause de la façon dont on l'a retrouvée. Je vous épargne les détails. Nous demandons aux parents de venir chercher leurs enfants le temps d'organiser les choses, de mettre en place une cellule d'aide psychologique, de rédiger un communiqué.

J'essaie de comprendre comment dans la même phrase on annonce un accident grave et on sous-entend un décès. J'ai du mal à réfléchir correctement avec mon chef de groupe marketing à côté qui m'attend et ma fille qu'on me demande de venir chercher en urgence.

— Je suis bouleversée par ce que vous me dites, mais voilà, j'entre en réunion, je ne peux pas maintenant, je vais vous rappeler, ce n'est pas simple, il faut que je m'organise.

— Faites vite s'il vous plaît, votre fille vous attend sous le préau.

Et sur cette dernière parole, elle raccroche.

J'appelle Gala sur son portable.

— Qu'est-ce qui se passe ?

Elle aussi me raccroche au nez après m'avoir dit en tremblant :

— Viens Maman, je t'attends, je t'en supplie, fais vite.

D'un coup, le trafic de sacs, l'utilisation frauduleuse de ma carte de crédit, les tatouages débiles, les tacles en série, les mensonges à répétition, la pagaille dans la chambre, les mauvaises appréciations, les mauvaises notes, le redoublement et l'exclusion possible… m'apparaissent comme dérisoires face à cette tragédie.

Idem l'agence en sursis, les salariées enceintes, les clients en partance, les trahisons, plus rien n'est important.

Une adolescente est soi-disant à l'hôpital entre la vie et la mort.

Elle est partie, comme le dira plus tard avec pudeur Mlle de Ferluc. Cette expression me donne toujours envie de hurler. Mais elle est partie où ? En espérant que quelqu'un de moins dingue va me répondre que la petite Elsa est allée chercher le pain et qu'elle est juste un peu en retard. Je pense à ses parents et au coup de fil que le père Jeantôt a dû passer à sa mère pour lui annoncer la nouvelle la plus terrible qui soit. Le genre d'événement qui rend soluble dans la douleur n'importe quelle croyance religieuse. Je me représente cette tache noire indescriptible qui soudain prend toute la place dans le cœur de ceux qui en cet instant apprennent la disparition de leur enfant. Bien sûr, me reviennent en tête les pages du cahier intime de Gala. « J'ai avalé quatorze esctasys » résonne encore en moi comme un cri funeste et me glace le sang à l'idée terrifiante d'une issue fatale. J'aurais alors ressenti la peine abyssale que doit avoir en cet instant la mère d'Elsa. C'est un deuil impossible, une amputation, la transformation irréversible de son être, la bousculade mentale des futurs antérieurs (et si seulement) et des conditionnels passés (on aurait dû). Un événement que jamais ni rien ni personne ne pourra rendre léger ou optimiste. La plus grande injustice existante. Celle de son enfant dont la vie se dissout avant la nôtre. L'ordre des choses doit être l'ordre du temps. On devrait partir les uns après les autres dans un ordre chronologique. Après l'accomplissement de chacun. Elsa, qu'est-ce que tu es allée foutre sur ce portail ?

Retour violent à la réalité quand Carla passe une tête dans mon bureau avec son cahier à la main.

— On y va ? Charles-Henri est installé, il vous attend.

— Carla, vous allez diriger la réunion toute seule avec Béata. Je dois partir. Ça va aller ?

Carla est productrice junior et je lis dans son regard une hésitation entre panique et fierté. Elle n'est pas vraiment l'homologue de Charles-Henri, qui risque de se sentir un peu froissé et déconsidéré par mon absence. Il est des règles tacites qui veulent que l'égal hiérarchique soit l'interlocuteur principal. Mais il est impossible de dire la vérité, ni à ma jeune productrice ni à notre client. Tant pis si Charles-Henri se vexe. Dites simplement

« problèmes personnels », et à la question « j'espère que ce n'est pas trop grave », répondez par « elle vous appelle dans l'après-midi ». J'avoue, ça tombe mal, par rapport à Unifoy.

Nous, on s'en remettra.

Les parents d'Elsa, jamais.

L'école est plongée dans le silence. Même les arbres ont l'air d'être en état de recueillement. On entend les voitures qui se garent dans un murmure de feuilles écrasées et celles qui s'en vont avec à l'intérieur parents et enfants dévastés. Ça pleure, ça renifle, ça chuchote. J'aperçois Gala, prostrée dans un coin de la cour de l'école, assise sur sa valise. Elle a les yeux rouges.

— On s'en va… On y va… Et ne revenons plus jamais. De toute façon, ils ne me reprendront pas, ni en première, ni en redoublement de seconde.

— Tu veux en parler ?

— Non.

— Elsa, c'était ton amie, celle avec qui tu es partie dimanche soir ?

— Oui, elle était ma binôme de TP, et ma voisine de lit au dortoir.

— Tu sais ce qui s'est passé ?

— On avait prévu de faire le mur ensemble, comme ça pour rigoler. Au dernier moment je lui ai dit que j'étais pas cap. Je lui ai dit laisse tomber.

Elle m'a traitée de dégonflée. Et maintenant elle est morte.

Gala pleure en silence tout le trajet. Elle ne desserre pas la bouche, sauf pour évoquer une réunion prévue entre élèves après-demain pour parler d'Elsa.

— À l'école ?

— Non, chez Amaury. Je t'ai dit qu'ici, dans cette école, je n'y reviendrai plus jamais. Ni dans celle-là ni dans une autre. Jamais !

— C'est une terrible nouvelle, l'événement le plus triste qu'on peut imaginer, mais ma Gala, toi c'est toi.

— Qu'est-ce que tu veux dire par là ?

Je sens que Gala se dresse sur ses ergots.

— Je veux dire que ta scolarité est indépendante de ce drame. Tu n'y peux rien.

— Mais ça aurait pu être moi, j'aurais dû l'empêcher d'escalader ce portail, je l'ai laissée faire.

— Il n'y a aucun rapport entre ce terrible événement et tes études. Tu es sous le choc je comprends, mais tu n'es pas en mesure de décider quelque chose d'aussi extrême que l'abandon de l'école.

Alors que s'échappe du milieu de ses larmes un « jamais » vaguement étouffé, je choisis de remettre à plus tard cette conversation en espérant que le spectre de la culpabilité tapi dans un coin se dissoudra dans le nettoyage inéluctable du temps.

Le psy de l'école a déconseillé aux parents d'envoyer leurs enfants à l'enterrement. Le décès de l'un d'entre eux est suffisamment perturbant comme ça, à leur âge il n'est pas opportun d'infliger pareilles funérailles à des adolescents déjà très affectés. À la place, il est proposé une veillée que va encadrer et animer le père d'Amaury, psychiatre de son état.

En attendant, Gala demeure mutique dans sa chambre et ne sort de son lit que pour dessiner ou écrire. Elle ne mange pas et, parfois, elle pleure.

Une boule dans la gorge m'empêche de lui dire quoi que ce soit. Il est des moments où les mots sont de trop. Même le « ça va passer » auquel on croit ne passe pas.

Deux jours plus tard, Gala se rendra chez les parents d'Amaury pour la veillée funèbre.

Elle en reviendra transfigurée, apaisée. La façon dont le psychiatre a organisé le recueillement, la mémoire, les prières, semble être un modèle d'intelligence de gestion de la douleur. Pourtant, je n'en saurai pas grand-chose, si ce n'est que chacun est arrivé avec un objet, un texte, une photo, une anecdote, quelque chose en lien avec Elsa. « Les uns après les autres, nous avons raconté, pleuré, parlé, discuté, chanté et curieusement, on a ri aussi », dira Gala

Le lendemain, je retrouverai sur la table le texte que Gala a rédigé au cours de ses deux jours de torpeur. Un poème en octosyllabes écrit à la main, de sa petite écriture ronde et régulière. Le texte, la mise en page, le sens, la musicalité, les métaphores, les couleurs, la sensibilité, la rime imparfaite… tout me bouleverse.

Le souvenir de ton sourire
Laissera dans nos cœurs blessés
La trace d'une lumière qu'avait
Ton destin à jamais gravée…

À côté, sur une feuille de papier Canson, un dessin au crayon représente un groupe de filles qui sourient et tendent leurs bras vers l'étoile céleste sur laquelle sont collés quelques grains d'une poussière brillante et dorée.

Quelque part derrière mon oreille, un ange bienveillant, ancré dans la réalité, me glisse que tout n'est pas perdu. Une bouffée d'amour m'envahit.

Le deuil, booster de maturité et révélateur identitaire. Vous avez quatre heures.

Avec cette disparition, j'ai comme l'impression que ma petite fille grandit d'un coup.

Le lendemain, je reçois une lettre recommandée d'Unifoy, dans laquelle il est signifié, en des termes juridiques peu chaleureux, la rupture définitive de notre contrat de collaboration.

Et comme les mauvaises nouvelles ne s'invitent jamais seules, dix jours plus tard, le conseil de classe délibère du renvoi définitif et sans appel de Gala. Le directeur Jeantôt est désolé. Il ne peut rien pour nous. « Mettez-la ailleurs, elle n'est pas heureuse chez nous, vous trouverez sûrement un établissement plus adapté. » C'est bon, je connais la chanson. Ni la professeure de dessin ni le professeur de gymnastique n'ont eu suffisamment de conviction, d'arguments ou de pression pour la faire passer en première. Contribuer à la réfection de la toiture du gymnase n'aura pas suffi. J'hésite à lui rappeler cet acte de générosité, et encore plus à lui proposer une surenchère. J'entends au loin la voix du diable pervers qui me suggère en ricanant de racheter l'école tant que j'y suis. Et en même temps, Gala a clairement exprimé qu'elle ne veut plus jamais y retourner.

La tragédie qui a secoué l'école n'a pas rendu les sentences plus clémentes. Amaury est également renvoyé. Mon esprit en torsion imagine qu'ils ont décidé de liquider les témoins du drame pour mieux en effacer le souvenir.

J'aimerais tellement que quelqu'un me prenne dans ses bras, m'écoute, me dise que tout va bien et surtout que tout ira mieux. Je recherche dans ma liste d'appels récents quels pourraient être ces bras ou cette oreille disponibles. Bien sûr, c'est le nom de Lucien qui me vient à l'esprit. Pour les bras au moins, plus que pour l'oreille.

Après cinq tonalités sa voix doucereuse préenregistrée, qui me fait frissonner le bas du dos, m'assure qu'on va me rappeler sans faute. Lucien est une solution immédiate et facile. Un peu d'amour est en ce moment ce dont j'ai vraiment besoin. Pour ne pas l'effrayer et pour préserver la légèreté de la relation, je lui laisse un message d'un ton joyeux : « Ce n'est ni urgent ni important, juste une envie », en estimant le clin d'œil suffisamment appuyé pour que le narcisse séducteur qu'il est ne passe pas à côté de mon appel du pied en quête d'un peu de sexe inspiré.

Lucien a ceci de particulier : il ne dit jamais non. Mais comme il ne dit jamais oui non plus, on s'y perd et c'est troublant.

La lumière s'est déposée en nappe orange et gris dans le ciel. Une fenêtre baisse son rideau comme se fermerait une paupière et je rentre à pied à mon domicile en observant les mille détails que cette promenade urbaine m'offre. Remarquer d'abord ici un arbre fleuri, là une gargouille en céramique, apercevoir le jardin derrière la porte cochère qui s'entrouvre et se referme aussitôt. Dans un bruit d'éventail, un pigeon s'envole. À l'intérieur d'un appartement au décor bourgeois, une jeune femme aux cheveux roux passe de la chambre au salon. Quand je doute je m'en remets aux signes. Ils deviennent alors le baromètre de mes humeurs et le tremplin sans fondement de mes décisions. Les signes me parlent, je les interprète, ils sont à la fois l'étoile dans le cœur et l'ange sur l'épaule. Mon regard glisse, se plisse ou s'attarde. Mes pensées sont traversées de fulgurances : une voyante, un marabout, un exorciste, un chaman, pourquoi pas plutôt un conseiller d'orientation ? J'erre les bras ballants. Repartir en quête d'une école. Encore.

L'école publique nous a abandonnées depuis longtemps, il n'y a plus que le privé qui peut nous entendre. Et encore, pas n'importe quel établissement privé, celui hors contrat, celui de la semi-honte qu'on ne nomme jamais sauf par un pronom indéfini (une école...), celui de la dernière malchance, celui des mauvais élèves aux parents aisés. Une école où les tests de QI sont inutiles. Une de mes amies me parle du Rouzac. Elle connaît quelqu'un dont le fils en a fait l'expérience. Le gamin n'a pas été traumatisé. Pourtant, Rouzac a la pire réputation. C'est un ancien monastère du nord de la France, souvent comparé à une prison. Les méthodes y sont discutables mais paraît-il efficaces.

Nous devons parler sérieusement, Gala et moi. Il est temps de calmer les tempêtes qui ont ébranlé nos vies ces dernières semaines, et d'installer dans notre relation de l'apaisement, de la sincérité, de la confiance.

— Allez, ce soir on prend des décisions, d'accord ? Tu veux bien qu'on essaie ? J'ai préparé un bon dîner.

Gala me regarde la tête légèrement penchée, son grand tee-shirt tombant sur l'épaule. Je remarque le bout d'un nouveau tatouage qui dépasse. Je soupire. On verra ça plus tard. Le moment n'est pas aux reproches mais à la mise en place d'actions constructives.

— Les bougies, la nappe, les serviettes en tissu, de la brandade, on fête un truc ?

— Écoute-moi, on va essayer de se parler calmement et de se comprendre. Tu veux bien ?

— Tu as lu mon journal intime, ma copine Elsa est morte, et je ne veux plus jamais aller à l'école.

— Je sais, c'est pour ça qu'on doit parler.

— Je n'ai rien à dire. J'en ai marre de tout, tu es toujours sur mon dos, et puis tu me saoules.

— On a dit qu'on essayait de se parler gentiment, « tu me saoules » n'est pas gentil, et à propos de dos, qu'y a-t-il de nouveau dans le tien ?

— La collection printemps été est arrivée, regarde.

Gala tire sur son tee-shirt et laisse apparaître le dessin de l'arabesque que j'avais repérée sur le frigo.

— Je reconnais que c'est beau, dis-je, consensuelle, en espérant que la conversation se déride un peu.

— C'est moi qui l'ai dessiné.

— Bravo. Maintenant, écoute-moi... Je voudrais te parler de ma famille, donc de la tienne. Ton arrière-arrière-grand-mère ravaudait des filets de pêche, ton arrière-grand-mère bouchait des bouteilles dans une coopérative de vin, ta grand-mère a travaillé comme couturière jusqu'à son mariage ; ensuite, leur être entier a été absorbé par leur dévouement aux hommes et aux enfants. Tu comprends ce que ça veut dire ? Elles ont toutes quitté l'école à onze ans. Les femmes de ma famille ne se sont jamais interrogées sur leur condition. Elles n'ont jamais réfléchi à ce qu'elles voulaient faire de leur vie, parce qu'elles n'étaient pas autorisées à se poser la question.

— Pourquoi ? Qui les empêchait ?

— La vie de village était faite comme ça. Elles se mariaient à vingt ans en blanc, ou à dix-sept enceintes et passaient de l'autorité d'un père à celle d'un mari. Elles ne se posaient pas de questions, car pour réfléchir il faut avoir un minimum de connaissances, de confiance et de liberté. Des choses qui créent du jugement. Elles n'avaient rien de tout ça. Les femmes étaient programmées pour servir les hommes avant tout. Elles trouvaient ça presque normal. Lors des repas, l'épouse servait d'abord son mari, puis les enfants, et quand elle s'asseyait, si son mari disait moutarde, elle se relevait. Le mari ne s'adressait pas souvent à sa femme, ne parlait pas aux enfants non plus. Lors des repas, il regardait la télévision, parfois il lisait le journal. La violence était l'indifférence. On ne te regarde pas, on ne te parle pas et tu grandis dans la certitude de l'imposture, en fuyant la lumière, en t'excusant d'exister. La seule issue est de s'ouvrir au monde et d'apprendre. Tu me suis ?

Gala se radoucit. Sur les conseils de Mme Marin, mes mots sont espacés, énoncés lentement, exprimés avec une douceur pour une fois maîtrisée qui contraste avec la violence verbale dont je suis coutumière en situation de stress.

— Je veux que tu saches d'où tu viens. Je n'aurais jamais pu être autonome aujourd'hui si je n'avais pas fait d'études, chose qu'on n'avait pas vraiment prévue pour moi. Si je le suis, c'est parce que j'ai travaillé dur et que j'ai croisé à certains moments de ma vie des gens qui m'ont montré un chemin, et ces personnes n'appartenaient pas à mon entourage familial.

— T'as pas fait comme voulaient tes parents ? Eh ben moi je fais pareil.

Gala laisse passer un silence puis ajoute :

— Je ne suis pas comme tu voudrais que je sois.

— Moi, ce que je veux, absolument, plus que tout…

— … c'est que tu aies ton bac, dit-elle en même temps que moi, d'une même voix.

— Tu te moques. Mais est-ce que tu comprends ce que ça signifie ? Ton cerveau est une machine en construction, l'éducation va te permettre de t'en servir au mieux de tes capacités. Et à quoi ça va te servir ? À réfléchir, à être plus libre, à t'offrir un avenir, à toi, à payer les études de tes enfants…

— Et l'EHPAD de ma mère.

— Tu es infernale.

Je profite de sa facétie pour avancer le dernier atout scolaire possible de Rouzac.

— Quoi ? Rouzac ? Le bahut avec les uniformes bleu marine et les fils à papa qui se défoncent à la colle ? Mais Mims, ça va ? Donne plutôt le montant de la scolarité au Secours catholique. Ça sera plus utile. Ben non, je n'irai pas.

— Je m'en doutais. Mais tu n'as pas l'âge d'arrêter l'école, alors on fait quoi ?

— Je pourrais prendre des cours par correspondance, et des cours particuliers, et tu pourrais m'aider un peu.

— Oui, mais moi je n'ai pas que ça à faire, et en plus, comme tu as pu le remarquer, je ne suis pas super douée pour apprendre aux autres.

— Tu apprendras, Mims.

— C'est impossible, j'ai l'agence.

— Quoi ! L'agence est plus importante que moi ?

— L'agence c'est mon travail, ma liberté, et puis je ne me sens pas capable. Qui me dit que tu vas m'écouter ?

— Moi !

Nous sourions. Je sens comme une connexion, la première depuis longtemps, même si Gala a du mal à rester concentrée sur une conversation sérieuse dans un temps prolongé. Son esprit papillonne, elle se laisse distraire par un son extérieur, fait une boule avec la mie du pain, puis des rayures dans sa brandade avec sa fourchette qu'elle porte à sa bouche, va pour dire quelque chose, et soudain se fige.

Elle me regarde fixement, s'immobilise, sa bouche est ouverte, comme paralysée, ses yeux s'ouvrent exagérément et reflètent une drôle d'expression…

— Ça va ? Ma Gala, qu'est-ce qui se passe ?

Gala tousse et porte ses mains à son cou. Je comprends qu'elle s'étouffe. Affolée, je lui tape dans le dos en lançant des conseils à la volée : ne panique pas, respire, avale un peu d'eau, peut-être mange de la mie de pain…

— Une seconde, j'appelle un médecin.

Tout se passe alors très vite. Paniquée, je saisis mon téléphone.

La bouche toujours ouverte, Gala racle sa gorge très fort, puis y enfonce deux doigts. Après une contorsion de sa main, elle ressort de sa bouche un morceau transparent et dur qui n'est pas une arête.

C'est un gros bout de verre, comme un bout de tesson de bouteille. Compact, tranchant, effrayant.

Je pâlis.

Gala brandit alors vers moi ce truc horrible qui aurait pu la tuer. Elle le tient entre le pouce et l'index et le fixe intensément au point de loucher. Son visage est traversé d'un demi-sourire pincé, triomphant, presque diabolique.

— Encore raté !

Avant d'organiser la rentrée, il faut passer l'été. Que faire de Gala ? Je dois lui trouver une occupation sans grands-parents, sans père et sans vacances trop longues envisageables pour moi.

Ma proposition de colo d'ado en Bretagne avec l'UCPA avec pour thème principal « Nettoyage de la forêt » ayant provoqué un fou rire, je lui demande de quoi elle a envie.

Imposer, faire plaisir, laisser choisir ? Je n'ai jamais su.

Gala rejette mes suggestions, je me suis habituée à considérer les siennes. Paresse de mon côté, détermination du sien. Nous sommes deux dans ce tango.

Il n'est de problème qu'une absence de solution prolongée n'arrive à résoudre..., me dis-je en paraphrasant Henri Queuille et en donnant bonne conscience à ma procrastination. Nous verrons bien. En attendant, j'étale le vrac floral acheté à la sortie du métro et je coupe, j'arrange, j'égalise, j'ordonne, j'assortis. Les fleurs fraîches me calment, elles m'envoient leurs effluves de beauté passive. Dans l'arrogance de leur fugacité, elles m'ancrent dans l'instant. Gala n'aime que les cactus, secs, ardents et peu nécessiteux, lesquels sont au centre d'une blague récurrente depuis ses douze ans : pour tout genre d'occasions, elle réclame en cadeau soit une Rolex, soit un cactus. La maison est remplie de cactus.

— Si tu as une idée pour les vacances, on en parle.

Elle semble avoir déjà réfléchi à la question. Son anticipation pour les loisirs est désarmante.

— Suzanna, qui prévoit tout à l'avance, elle (un blanc suit… je vais l'étrangler Suzanna !), donc Suzanna a inscrit Mickaël dans une colonie de vacances, genre kibboutz, qui s'appelle Israël Expérience.

— Suzanna fait ce qu'elle veut. Ils sont de confession juive. Ce n'est pas ton cas.

— Ça, on n'en sait rien. En tout cas, il faut que tu télécharges un dossier sur le site d'Israël Expérience. Et avec un peu de chance, il y aura encore de la place et je serai acceptée.

Elle me dit ça en croisant les doigts au niveau de sa bouche. Je comprends à l'expression de son visage que je suis censée déborder de joie. Je me méfie des engouements de Gala, souvent décidée à obtenir avec pugnacité ce qu'elle ne désire pas vraiment. Je me méfie aussi de mon envie de lui faire plaisir qui alimente la multiplication de ses insatisfactions.

— Mais tes arrière-grands-mères Angélique et Marcelle avaient leur nom écrit sur une plaque de céramique au premier rang de l'église. Elles avaient leur place perso, rien qu'à elles, avec le coussinet pour les genoux et le matos de prières. Dans leur sac, il y avait un chapelet, et les cartes de communions des enfants et des petits-enfants. Elles faisaient toujours une croix avec le couteau sur le pain avant de le couper. Ça leur ferait bizarre de savoir que leur arrière-petite-fille passe ses vacances en Israël dans un kibboutz.

— T'en fais pas, elles ne le sauront pas.

Je cède parce qu'elle insiste, je cède parce que ça m'arrange.

J'appelle Israël Expérience. Il reste très peu de places pour le camp d'ado, il faut se décider vite. Remplir le dossier. Retrouver le carnet de vaccination (où est-il passé ?). Aller chez un médecin, faire tamponner le document. Renvoyer le tout. Attendre la confirmation. Ensuite coudre le nom sur tous les vêtements, prendre le billet d'avion et se réjouir d'avoir trouvé une solution, même si c'est pour envoyer ma fille dans un kibboutz.

Le jour du départ, nous retrouvons à l'aéroport Mickaël et sa mère parfaite.

Suzanna affiche le genre « retour d'Ibiza ». Visage ravissant quoiqu'ayant subi quelques « travaux » visibles, blondeur travaillée au pinceau, taille miniature bien que rehaussée par d'immenses talons, veste western à franges, Suzanna a l'air pleine de joie.

— Enfin, je rencontre la maman de Gala. Mickaël est tellement heureux de partir avec votre fille.

Quel dommage que vous ayez raté notre shabbat la dernière fois. Enfin, j'ai su pour votre accident. Trois côtes cassées ce n'est pas rien, mais ça aurait pu être pire. Je leur ai préparé des sandwichs au pastrami, toujours meilleur que le repas dans l'avion…

Suzanna parle vite et fort. Combien d'informations lâche-t-elle pour ce premier contact ? Je souris aimablement, la salue à mon tour, tout en faisant le tri dans ce qu'elle vient de dire. Un accident ? Mais de quoi parle-elle ? Je me tourne vers Gala avec le sourcil en point d'interrogation, mais elle fait semblant de chercher quelque chose dans son sac.

C'est bon, j'ai compris. Gala a inventé la raison d'un empêchement pour justifier mon absence à leur shabbat. Mais pourquoi un accident ?

— Tout va bien maintenant, dit Gala qui préfère dévier l'attention sur la porte d'embarquement. C'est porte C, allez Maman, c'est l'heure des adieux, *love you.*

Dans les situations embarrassantes, ma fille sait installer un courant d'air.

Quand on s'embrasse, je lui chuchote à l'oreille : « Et j'ai eu combien de côtes cassées ? »

— Allez, bonnes vacances les enfants !

Et, m'adressant à Suzanna :

— Ravie de vous avoir rencontrée, oui, à bientôt certainement.

— Tenez, voici ma carte, dit Suzanna, on ne sait jamais.

Je ne suis pas très démonstrative, j'ai le câlin faiblard et l'au revoir pudique. Alors bien sûr, quand Suzanna enlace et embrasse son fils, et pareillement ma fille, avec chaleur et voracité, en les inondant de mots affectueux – « Bon voyage ma petite chatoune, comme tu vas me manquer mon prince, que vous êtes beaux tous les deux, que je vous aime » –, le contraste est plus qu'embarrassant.

Suzanna, à l'aise et volubile, englue de tendresse ses gestes, ses mots et ses sourires appuyés pendant que je me noie dans l'océan de la « gênance ». Paralysée, raide, coincée, la manifestation de notre affection n'est pas la même, je sens le coup de grâce pointer quand les deux enfants passent le contrôle de police. Nous sommes là toutes les deux à les regarder s'éloigner, avec la main en essuie-glace. Suzanna et son sourire étiré plein d'une joie sincère, et moi avec l'angoisse crispée de la mère qui craint une déception. Laquelle bien sûr ne tarde pas à arriver. Mickaël se retourne et agite frénétiquement sa main et se dirige à reculons vers la porte d'embarquement, Mickaël, heureux de ce moment, Mickaël ado solaire et sympathique qui, tout comme sa mère, envoie une brassée de baisers en agitant ses bras généreusement.

Jusqu'au dernier moment, j'attends que Gala en fasse autant.

Mais elle passe la porte sans se retourner.

Gala expédiée, neutralisée, et dans un coin de ma tête ce sentiment semi-coupable de me dire que je vais être tranquille pendant quatre semaines.

Une paix qui tombe à pic car à l'agence, c'est chaud ! De ces embrasements que je n'ai encore jamais connus. Comment éteindre l'incendie ? Les clients, le personnel, l'ambiance, rien ne va. Même la peinture des murs commence à se craqueler.

Unifoy notre gros client s'en va. Iris, la rédactrice, est enceinte de sa troisième fille (trois filles ! bonne chance, certaines femmes sont des héroïnes). Paloma part à la concurrence, et voilà maintenant Coline qui, après avoir consulté ses copines et sa conscience, m'annonce qu'elle a finalement décidé de garder son bébé. C'était donc elle le test de grossesse ! Le géniteur est marié, mais pas avec elle, et bien que concerné, il ne sera pas tenu au courant des délibérations. C'est son deuxième enfant hors mariage. Tempêtes en perspective avec cette interrogation : comment l'épouse du mari volage va-t-elle accueillir cette nouvelle ? Réflexions et débats autour de la machine à café entre celles qui pronostiquent la crise identitaire de l'embryon dans quinze ans, et celles qui se réjouissent de cette parentalité libre et unilatérale.

J'apprends que Doris, mon assistante, a une liaison sérieuse avec la ministre de l'Intérieur d'un pays limitrophe. Je suis heureuse pour elle, même si je suis agacée de la voir partir à 16 h 30 le vendredi pour attraper son Thalys.

La semaine suivante, je savoure moins sa démission. Sa décision est prise, elle n'y reviendra pas.

— Mais Doris, vous ne pouvez pas m'abandonner comme ça, j'ai le sentiment que vous prenez le dernier canot du *Titanic*, comment je vais faire sans vous ?

Elle sourit et met sa trahison sur le compte de l'amour. Rien à dire. La remercier, tout simplement, pour son dévouement et le temps passé à mes côtés, et ne pas lui avouer que j'aimais bien quand elle m'aimait.

Laura, responsable du service études, en profite pour démissionner elle aussi. « Je monte ma boîte », dit-elle sans me regarder dans les yeux. Quand je lui demande une boîte de quoi, je sens qu'elle a réfléchi à une réponse bien troussée qu'elle me déballe d'une traite, sans bégaiement, mais avec quelques clignements d'yeux.

— Je vais proposer des études de marché qui vont analyser les performances des contenus rédactionnels.

— Ah oui, c'est bien, lui dis-je sentant le truc pas clair. Et j'imagine que ça tombe bien que vos futurs clients soient aussi nos clients actuels ?

Là, Laura bafouille qu'il pourrait y avoir en effet une heureuse synergie entre nos deux activités, comme si c'était quelque chose qu'elle venait de découvrir. Nous parlons un peu et, quand elle sort du bureau, je m'empresse de chercher son contrat de travail pour vérifier si une clause de confidentialité et de non-concurrence y est mentionnée. Je vais laisser tomber, bien sûr, n'ai-je pas fait moi-même la même chose à l'époque… ? Sur ces considérations de karma, je songe que toutes ces femmes absentes parce qu'enceintes, ou démissionnaires parce qu'ambitieuses, sont autant de signes qui se placent et se déplacent en formation dans mon ciel. Seule Béata, la directrice artistique, semble légère, insouciante, joyeuse. Je l'observe. Je ne sais pourquoi mais en cet instant précis, alors qu'elle travaille à l'agence depuis dix ans, je la trouve particulièrement radieuse, bien habillée, mincie. La voir ainsi me remonte le moral. J'ai besoin en ce moment de gens comme elle : positifs, entraînants, impliqués. Heureusement qu'elle est là.

Je n'ai envie de parler que de Lucien, mais, très vite, Mme Marin balaie le sujet de la main.

— Je ne comprends pas, je n'ai plus de nouvelles, lui dis-je. Il m'a tellement voulue. Ce qu'il a fait pour « m'avoir », c'est quand même dingue. Au début, quand on s'est connus, je lui avais dit au hasard d'une conversation que je partais à Washington pour raison professionnelle. Eh bien le lendemain, il était là, dans l'avion, à côté de moi. Il s'était renseigné, avait appelé toutes les compagnies aériennes, s'était fait passer pour je ne sais qui. Je n'arrivais pas à savoir si c'était romantique ou intrusif.

— Intrusif, commente-t-elle.

Madame Marin me rappelle tous les griefs que j'ai contre lui.

J'ai l'impression de les avoir oubliés. Elle réoriente mon esprit vers ce qui est important et sera présent dans mon univers personnel toute ma vie.

— Vous devez être là pour Gala. Votre fille s'est sentie abandonnée par son père, elle n'a plus que vous, et comme tous ceux qui restent, vous n'avez pas le beau rôle. En plus, elle vous reproche la séparation.

Mme Marin a le regard qui s'évade vers les moulures du plafond. Il est des phrases toutes faites que les psys doivent répéter plusieurs fois par jour. « Et que ressentez-vous quand vous dites ça ? » « Comment était votre père avec sa propre mère ? » Je l'imagine se mettant en pilotage automatique et s'égarer dans ses propres pensées. Mme Marin gère une empathie de surface. Elle connaît ça par cœur : les mêmes mots pour les mêmes maux. Certes, c'est son métier, mais dans la réalité, je suis certaine qu'elle n'en peut plus de ces gens qui lui racontent leur manque d'amour, leurs frustrations et leurs bobos à l'âme. À quoi pense un psy quand la personne en face lui déverse les eaux usées de son mental ? Au linge dans la machine, au ticket égaré du pressing ? À son chiffre d'affaires ?

— Je me décourage tous les jours un peu plus. Tenez, j'ai trouvé dans la poche de son manteau une amende qui verbalisait une certaine Gala Kellerman pour un trajet Lille-Paris.

— Qui ça ?

Mme Marin fait un atterrissage par vent violent. Linge, pressing, chiffre d'affaires se diluent, je réapparais.

— C'est le nom d'artiste de ma fille. Elle a des faux papiers qui lui permettent de se déplacer à moindres frais. En cas de contrôle, elle pourrait présenter un document avec un faux nom, une fausse adresse, et une vraie photo.

— Vous lisez son journal intime, vous lui faites les poches, votre curiosité et votre anxiété ne doivent pas vraiment la rassurer.

La concentration de Mme Marin revient. J'aimerais avoir une de ces ardoises magiques qui me permettrait d'effacer mes erreurs et d'écrire une nouvelle page. J'arrive toujours à ce moment de la séance où, de façon passive, je crains que ma psy ne m'écrase le nez dans la fange. Il y aurait de quoi être irrité par mon sur-place, mes errances, mes répétitions, la façon complaisante avec laquelle je me fustige.

— Vous n'êtes pas la seule responsable du comportement de Gala. Un caractère impérieux et créatif semble se dessiner de sa personnalité. C'est prometteur, non ? Ayez confiance, ajoute Mme Marin. Vous disposez de certains leviers qui pourraient l'aider. Posez-vous la question : pourriez-vous lui consacrer plus de temps afin de vous rapprocher vraiment d'elle ? Installer un cadre avec douceur et fermeté. Et sans vous oublier.

Dans le même temps, j'entends une voix, celle de ma propre mère me souffler : « Une bonne paire de baffes réglerait tes problèmes et ceux de ta fille. » Il est vrai qu'à l'époque, on ne s'encombrait pas de tant d'analyse.

— J'ai beaucoup réfléchi à tout ce que vous m'avez dit. Je ne vais pas mettre Gala dans une école à l'ancienne avec uniforme bleu marine, et nerf de bœuf torsadé. Puisque le système scolaire français ne veut pas d'elle, nous nous en passerons. Nous allons passer le bac. Et nous allons l'avoir !

— Nous ?

— Oui, enfin elle. C'est vrai que je pense « nous » comme si ma vie en dépendait. Mais il est impossible pour moi d'imaginer que ma fille n'ait pas son bac. Je viens de trop loin pour accepter une régression sociale et culturelle.

— Cette décision va demander une grande implication de votre part. Vous allez devoir délaisser une partie de votre travail. Êtes-vous prête à aller jusque-là ?

— Je ne sais pas encore comment faire, mais j'y réfléchis. Gala ne veut plus retourner à l'école.

— La semaine prochaine, nous ferons notre séance autour de « l'assertivité ».

— Pardon ?

— Un mot que l'on pourrait traduire par « communication non violente ». Une approche intéressante qui vous aidera à considérer différemment les relations avec votre fille, mais aussi avec l'Agence.

Jamais une séance accompagnée par une psy perdue dans ses pensées n'aura été aussi efficace. Tout résonne en moi encore pendant quelque temps. Cette nuit-là, je me réveille en sursaut. Est-ce qu'un homme mettrait sa carrière entre parenthèses pour son enfant en perdition ? Peut-être ferait-il comme moi et profiterait-il d'un déséquilibre professionnel pour mener à bien la mise en orbite de sa progéniture.

L'agence est en effervescence, ce matin. La rupture du contrat d'Unifoy a déclenché des bruissements. Il y a de l'électricité dans l'air. Partout ça chuchote, ça s'agite. Les autres clients ne doivent rien savoir pour l'instant. Je sollicite une réunion de crise et, quelques instants plus tard, toute l'agence est réunie autour de la grande table. J'explique la situation, je redéfinis les priorités. C'est dans la crise que je suis à mon meilleur. Malgré les difficultés, les départs, les grossesses, je rassure les équipes. Je reprends le pouvoir.

Béata, à mes côtés, nerveuse et concentrée, prend des notes en hochant la tête. Au moment où elle se baisse pour ramasser une feuille tombée par terre son téléphone, mis en silencieux, affiche le nom de Lucien. Elle se redresse, voit l'appel, voit que je vois, retourne son téléphone, baisse la tête. Je la sens gênée. Puis nos regards se croisent le temps d'une seconde.

C'est suffisant.

J'ai compris.

Sauf que je ne veux pas comprendre.

J'ai quand même besoin d'étayer mes soupçons. Plus tard, dans la matinée, j'interroge mon assistante.

— Doris… Lucien et Béata ?

Doris me dit tout de suite qu'elle n'est pas une balance et ne veut pas d'histoire. Le genre de phrase qui écarte définitivement mes doutes.

Béata couche avec Lucien !

NON, je ne peux le croire.

Mon absence de réaction vise à banaliser cette nouvelle, mais un « QUOI ?! » se forme dans mon cerveau. Comment ma fidèle directrice artistique peut-elle me faire ça ?

Pourquoi, dans ce genre de situation, c'est souvent le mot « garce » qui vient à l'esprit ? Et pas « salaud » ou « gros connard » ?

Donc, c'est elle, la salope ! Elle qui est venue me trouver il n'y a pas plus de trois mois pour me demander un changement de statut, une avance, une prime et une augmentation, et à qui j'ai tout accordé. Je ressens un grondement de colère dans mon ventre, l'écho se déplace dans ma tête. Ça monte. Elle peut commencer à chercher du boulot ailleurs, l'ingrate.

Je ne parviens pas à être indifférente. Impossible de me concentrer sur la rédaction d'une stratégie client. Je dois réagir, lui faire savoir ce que je pense d'elle. Une larme tambourine sous la cornée. La haine qui m'enveloppe m'oppresse la poitrine. J'ai envie de me battre pour récupérer Lucien, mais je crains tellement l'humiliation. Tout le monde à l'Agence était déjà au courant bien sûr, et se gausse de la situation. La chef au tapis a quelque chose de distrayant. J'ai envie de vengeance, une envie qui redouble mes pleurs. Abyssale blessure que celle de la trahison. Je bous, ma respiration est saccadée. Je ne peux plus attendre. J'y vais de ce pas. Elle va m'entendre.

Je descends l'escalier jusqu'à son étage et, en traversant l'espace maquette, voilà qu'un ange bien intentionné se poste derrière mon oreille et me chuchote : « Andréa, ta directrice artistique est la meilleure, et tu le sais. Vous avez gagné ensemble une tonne de compétitions, et là tu vas lui dire quoi : touche pas à mon mec ? C'est un peu tard, non ? Allez ! Tranquille. » L'ange me pousse à ralentir le pas alors que je suis à l'approche de son bureau. Je pense aux départs prochains des démissionnaires ou des congés maternité, comment vais-je faire si tout le monde part ? J'expire, je calme mon rythme cardiaque, et c'est le moment que choisit Béata pour ouvrir la porte. Me voilà nez à nez avec elle. Elle semble pressée, et moi je me surprends en train d'appliquer sur mon visage une sorte de sourire un peu béat.

— Tout va bien Béata ?

— Super ! Vous avez l'air de bonne humeur, ça fait plaisir, répond-elle emphatique, presque ironique et tout aussi souriante.

— Pourtant, il n'y a pas que de bonnes nouvelles, dis-je.

— Ben Unifoy, c'est un coup.

(Poum, l'épée.)

— Oui, c'est vrai, j'espère qu'il n'y en aura pas d'autres.

— Et en même temps, c'est la vie !

(Poum, la *puntilla*.)

Nous en resterons là.

Dans l'atmosphère de cet instant planeront des effluves d'amertume, de jalousie, de déception, de colère, et peut-être aussi de tristesse quand, de l'autre côté, un triomphalisme mal placé cherchera à être contenu, malgré un ton ironico-fataliste. Pourquoi n'ai-je pas été plus directe ? Parce que je suis professionnelle. On va dire ça.

Et de continuer mon chemin alors que, dans ma tête, je questionne l'ange et lui demande si je suis stupide, faible ou stratège.

Je comprends mieux maintenant pourquoi Lucien n'a pas répondu à mon message. Un coup de plus dans le cœur.

Ça m'apprendra à coucher avec le petit personnel, me dis-je en me relevant. Je n'aurais pas dû tout mélanger. En tout cas, pas question qu'il bosse à nouveau pour nous ce salaud.

Des mots comme des mantras, une façon comme une autre de réagir.

Les bleus de l'âme se dissolvent souvent dans l'alcool ou le sport. Entre boire ou courir, je choisis d'abord l'un, ensuite l'autre. Il n'est pas de questionnement qui ne trouve sa solution dans la transpiration et l'accélération cardiaque. J'enfile donc ma tenue de jogging et vais courir : Béata, Gala, l'Agence. Quand la douleur de mes genoux siffle la fin du match, j'ai remis mes priorités dans le bon ordre : Gala, l'Agence, Béata.

Regarder ma fille se marginaliser sans réagir est insensé. Je sens que s'infiltre en moi une culpabilité que je pressens durable.

L'idée de sortir du monde professionnel pour m'occuper de Gala me hante, mais c'est n'importe quoi. La plupart des femmes mènent de front avec succès leur vie professionnelle et leur vie privée. Pourquoi je n'y arriverais pas ? Je ne suis pas la seule à élever un enfant difficile, seule.

Depuis quelque temps, au-delà des insomnies récurrentes, les contrariétés laissent sur mon corps des traces bizarres qui vont et viennent. Des plaques rougeâtres s'étalent sur mon torse pendant quelques jours, puis partent. Mon dermatologue, qui ne reconnaît rien de référencé dans cette pathologie dermique, m'a envoyée à l'hôpital pour un examen. Mais à chaque fois, l'idée de me mettre nue devant un aréopage de jeunes internes en dermato fait disparaître les rougeurs la veille du rendez-vous. Je somatise dans les deux sens, autant pour faire apparaître mes lésions que pour les faire disparaître.

Ma vie est faite d'urgences et d'obsessions. Recruter, oublier Lucien, réfléchir au bac de Gala, envisager mon avenir.

Enlever les désordres nerveux de ma vie consisterait alors à balayer d'un revers de manche dix-huit ans de labeur intense et productif. Avec la question subsidiaire : que faire ensuite ?

Nous avons deux ans devant nous. Le bac de français d'abord, le bac général ensuite. J'appelle les organismes d'enseignement à distance ainsi que quelques amis qui pourraient connaître des professeurs pour les matières où je ne suis pas compétente.

Mais comment concilier la gestion de ma fille à la maison avec une agence en crise.

Et si la solution était de m'associer ? Il faudrait trouver la bonne personne. À moins que la solution ne soit de vendre. Il faudrait alors trouver le bon acheteur.

Juillet 2008

Voilà huit jours que Gala est partie en Israël et toujours pas de nouvelles. Avant de contacter Suzanna, la mère de Mickaël, je vais faire un tour sur son compte Facebook, histoire de mieux la connaître. Elle s'y montre décomplexée, pourvue d'une vie merveilleuse. Beauté partout, lumière flatteuse, mise en scène de moments clés, selfies avec célébrités du foot, de l'art mondain ou de la variété, Ibiza l'été, Courchevel l'hiver, la fête tout le temps. Suzanna, la mère parfaite aux shabbats si festifs, a une vie sociale bien remplie et amplement accessoirisée de marques de luxe. Je comprends mieux d'où Gala tire ses références. Rien sur sa profession… Héritière ? Rentière ? Bien mariée ? Peut-être « bien divorcée ». Je vois mal un mari s'accommoder de toute cette frénésie sociale.

Je lui envoie un message.

Chère Suzanna. Avez-vous des nouvelles de nos enfants ? En espérant que le kibboutz les rend heureux. Parlons-nous, bien à vous, Andréa.

Suzanna n'est pas mon genre de femme. J'ai pour habitude de tenir à distance les gens qui remplissent leur vie d'événements nocturnes et leur dos de tatouages ethniques. J'aime sortir avec ceux qui ne sortent jamais. Suzanna ne peut donc devenir ma meilleure amie. Mais en attendant, c'est elle qui réussit à avoir un lien particulier avec son fils, qui lui-même a un lien particulier avec ma fille.

Sa réponse par texto est à la hauteur de mes pressentiments.

Hey Andréa, nos kids kiffent grave, je t'appelle dès que je sors du coiffeur. Sparkling besitos. Suz

Le tout suivi d'un chapelet d'émojis fleuris à la béatitude exaltée.

Je crois que je vais vomir. L'anglais, la familiarité, les fautes de français… et en même temps, mon « bien à vous » me paraît rétrospectivement ridicule et inadapté.

Trente minutes plus tard, le téléphone vibre.

— Allô ? Hello, c'est Suzanna, comment ça va Andréa ? Justement, je viens d'avoir un mail de Mickaël, ils s'éclatent en Israël. Gala est tellement *sweet*… Ils sont allés à Jérusalem dimanche, d'abord au mur des Lamentations, ensuite à Yad Vashem. Le reste du temps, ils travaillent. Ça se passe très bien.

Je note que ma fille préfère aller voir le musée de la Shoah plutôt que d'aller faire du bateau en Bretagne. On me l'a changée ou alors elle est vraiment sous emprise.

— Mickaël m'a dit que tu avais essayé de joindre Gala. Je te lis son message : « Que la maman de Gala ne s'inquiète pas, dis-lui que tout va bien. » Voilà, je transmets.

Pour neutraliser l'ange qui passe, Suzanna enchaîne par un flot de compliments.

— Qu'est-ce qu'on l'aime, Gala. Elle est belle, drôle, bien élevée, et si généreuse. Elle sait plein de choses, l'autre jour au shabbat elle nous a raconté les philosophes grecs, Horace, les épicuriens, carpe diem, les sophistes, Protagoras, Anaxagore… Elle est cultivée. Moi, elle m'impressionne. Et puis elle connaissait le kaddish par cœur.

Je renchéris, ça fait du bien :

— Oui, Gala est douée, elle retient tout. Elle écoute une chanson une fois, elle en connaît les paroles pour longtemps, même dans des langues jamais apprises. Elle vous aime beaucoup.

— Elle est la fille que j'aurais aimé avoir, répond Suzanna.

Cette dernière phrase est de trop, elle m'énerve la Suzanna, et surtout je n'en reviens pas que Gala ait pu faire sortir de sa bouche des noms comme Protagoras ou Anaxagore. Suzanna repasse au « vous ».

— Vous avez raté nos invitations. Dommage que vous n'ayez pu venir la fois dernière. On a chanté, on a dansé. J'espère que vous vous êtes bien remise de cet accident trop bête. Enfin, au moins vous n'oublierez plus votre ceinture de sécurité… Vous viendrez une autre fois, j'espère !

Je reste un peu perplexe, mais Suzanna enchaîne déjà :

— … Et puis ses dessins sont incroyables, pour mon anniversaire elle m'en a fait un qui me représentait dans ma mini, elle l'avait glissé dans une petite pochette très chic qu'elle m'a offerte aussi.

— Une pochette ? je demande à voix haute, alors que je croyais l'avoir seulement pensé.

— Oui, une trop mignonne petite pochette Gucci que lui avait offerte sa tante Rébecca, or et noir. Vraiment charmant.

Je viens de comprendre que Gala a offert à la mère de son petit ami la pochette Gucci qui a disparu de mon placard.

— Gala n'a pas de tante, juste une mère qui se demande depuis deux mois où est passée sa sacoche Gucci.

— Ah bon, c'est la vôtre ?

De l'autre côté du téléphone, je sens la pauvre Suzanna se décomposer et réfléchir en même temps.

— Je suis désolée, je vais vous la rendre.

— Non, bien sûr que non, ne vous en faites pas, Gala vous en a fait cadeau, elle est à vous.

— Vous êtes sûre ?

— À deux cents pour cent.

Je marque une pause pour mieux réaliser que ma fille offre ma vraie pochette à une femme qu'elle aimerait avoir pour mère et que celle-ci aimerait avoir pour fille.

— Bon, laissez-moi au moins vous inviter à prendre un verre, propose Suzanna.

La semaine suivante, nous nous retrouvons au bar de l'hôtel Crillon. Suzanna commande une Tequila Sunrise, son cocktail favori, je la suis dans ce choix. Nous parlons de nos enfants, de nos vies si différentes à la réalité toujours moins marrante que sur les réseaux sociaux. Suzanna est une professionnelle de la sympathie. Une hédoniste qui vit de son talent festif, de ses revenus épisodiques de « Public Relation » et des largesses de son entourage. Encore un tout petit peu mariée, mais pas trop, pas pressée de donner dans un divorce qui l'obligerait à quitter un appartement très beau et très gratuit. D'autant qu'elle s'entend bien avec la maîtresse de son mari.

— On part même en vacances toutes les deux quand mon mari n'est pas là. La prochaine étape serait de partir tous les trois, mais nous n'en sommes pas encore là. Ça viendra, dit-elle en rigolant.

La Tequila Sunrise fait ressurgir le souvenir d'un moment et d'une personne. Pourquoi je connais ce cocktail ?

Au moment où Suzanna me salue en m'embrassant, et me lance un « À plus », tout s'éclaire. Quand elle remonte dans sa mini Austin, je crois que je tiens le fil d'un truc.

Je roule vers la maison, légèrement éméchée et enchantée par ma nouvelle idée.

J'avais rencontré Jean-Paul Colzy cinq ans auparavant, dans un raout de publicitaires. Le genre où tout le monde se congratule un verre à la main en se détestant cordialement.

Il m'était apparu assez sexy dans son costume sombre et j'avais presque envie de déceler une certaine ambiguïté quand il s'était approché de moi avec un cocktail vif orangé et son parasol planté sur le concombre. Mais Colzy était un séducteur urbain à la politesse huilée, chargé par son groupe de déceler des entreprises à potentiel, pas un dragueur de salon. Je n'étais qu'une cible et la Tequila Sunrise un prétexte pour m'approcher et signifier tout l'intérêt qu'il portait à mon agence.

Sauf que je n'étais pas à vendre.

Tout est une question de prix et de temps, avait-il répondu.

Après avoir survolé les considérations d'usages, notre conversation s'était arrêtée dans la douce euphorie qu'instille une Tequila Sunrise bue jusqu'au bout.

Le cocktail du Crillon m'a replongée dans le souvenir de ce moment. Aujourd'hui, ma situation professionnelle (et personnelle) a changé. Et si la proposition de Jean-Paul Colzy est toujours d'actualité, de mon côté je suis prête à vendre.

Je vais lui dire qu'à ce jour nous avons atteint la maturité nécessaire pour nous adosser à un groupe important, qu'il est temps pour moi de passer à la vitesse supérieure, qu'il représente le partenaire idéal, que ce serait un honneur, que nous pouvons nous apporter beaucoup, bla bla bla ; j'ai déjà en tête le *bullshit wording* à la sauce globish que je pourrais lui servir.

J'éviterai de lui dire que je panique à l'idée de laisser la barre de mon entreprise à un pubard endimanché qui va m'expliquer la vie, que je ne tiens pas plus de quarante-cinq minutes dans une réunion, que j'ai des migraines récurrentes qui me neutralisent, et que j'élève seule une adolescente qui réclame mon attention.

J'éviterai de lui dire à quel point j'ai besoin de temps. Mon temps à moi, je pourrais le tordre jusqu'à ma vieillesse, en faire de la solitude, ou du divertissement, mais celui avec Gala m'est compté. Combien de temps reste-t-il avant qu'elle ne s'envole pour accomplir sa vie d'adulte ? Trois ans, cinq ans, huit ans ? Au-delà ce n'est pas souhaitable, je le sais.

Oui, vendre.

Même si je me dis qu'il est facile de détruire, qu'il est long de bâtir, l'idée grossit et s'installe dans ma tête.

J'appelle Didier, mon comptable depuis le début. Je lui raconte mon souhait d'arrêter l'agence.

— QUOI ? Mais Andréa, vous êtes sérieuse ? Pourquoi ?

— Pour m'occuper de ma fille.

— Mais prenez une baby-sitter, je ne sais pas moi.

Didier (en colère) est sonné, m'encourage à me mettre en pyjama, à avaler un bouillon, un Aspro et à le rappeler demain.

— S'il vous plaît, Didier, écoutez-moi, je sais que c'est fou, mais je vous assure, j'ai bien réfléchi.

Après un silence au cours duquel je m'attends à ce que Didier me raccroche au nez, je l'entends me dire calmement :

— Bon, il y a deux solutions : soit on organise un dépôt de bilan, soit on trouve un acheteur. J'aimerais mieux la deuxième option qui vous mettrait à l'abri mais nécessiterait d'habiller la mariée, et de la rendre plus belle. Ensuite, si vous êtes d'accord, nous créerons une holding, c'est toujours bien de garder une boîte, pour les frais, pour tout.

En moi-même, je comprends que Didier veut bien me conseiller, mais ne veut pas perdre une cliente qui n'a jamais discuté ses honoraires et autres « frais de chancellerie », comme il les appelle.

— Va pour la holding.

— Alors, voilà ce qu'on va faire…

Se faire désirer, rester distante tout en agitant son mouchoir, un peu comme une relation amoureuse où on rêve de se jeter aux pieds de la personne aimée sans en avoir l'air. Cela ne va pas être facile, le contexte n'est pas le meilleur. Le rythme de travail baisse, mes collaboratrices allaitent, ou s'en vont. Il n'y a que Béata, la directrice artistique, qui semble heureuse de tricoter le parfait amour avec Lucien, mon ex, grrr. Faire semblant d'être indifférente me demande beaucoup d'efforts.

Bref, toutes les situations m'énervent, mais Didier me prépare un plan d'attaque qui mélange psychologie, stratégie, économie et acrobatie… et Mme Marin va avoir du boulot aussi.

J'appelle Jean-Paul Colzy. Je me présente. Sa secrétaire filtre.

— Il vous connaît ?

— Il devrait se souvenir de moi (mais pour qui je me prends).

— Désolée, il est occupé (je ne le crois pas). Un message ?

Cinq jours plus tard, Colzy me rappelle. Oui, il se souvient très bien de moi. Nous prenons date pour une visite de courtoisie à l'agence où je lui propose d'exposer l'objet de mon appel.

C'est parti, le compte à rebours est enclenché, mes doigts sont croisés et dans ma tête c'est comme si c'était fait.

Sur les conseils de Didier, une mise en scène à l'articulation calibrée est installée. Les filles ont été prévenues que quelqu'un d'important venait nous voir, un prospect institutionnel, ai-je précisé.

— Je vous en parlerai plus tard. Faites-vous belles, rentrez le ventre les filles. Il faut le séduire. Je voudrais qu'il voie ce que vous êtes : épanouies, joyeuses, bien maquillées, et… débordées. D'accord les filles ?

— Oui chef, crient-elles ensemble dans une bonne humeur collective.

— N'hésitez pas à venir me déranger pour n'importe quoi d'urgent, on doit simuler une grosse activité.

Coline propose même de répéter deux ou trois blagues à l'avance.

— Je n'en demande pas tant, donnez juste l'impression que nous sommes des muses sollicitées et désirées par ailleurs, que nous avons plein d'autres budgets. Un peu comme dans une relation amoureuse, vous voyez de quoi je parle ?

— Oui, chef.

Mais quand même, elles sont sympas « mes filles », même si elles font plein d'enfants, regardent *The L-World* aux heures de bureau, ou me piquent mon mec, je sais que le jour où je ne les aurai plus, elles vont me manquer.

Mais rien n'est fait, je rêve juste que ça se fasse et je le rêve fort.

La vente d'une entreprise est soumise à des règles temporelles et comptables, précises et draconiennes. Une batterie d'auditeurs dissèque par le menu tout ce qui peut présenter un intérêt justifiant la poussée du baromètre de l'évaluation vers le haut ou le bas. Après l'analyse des bilans, le business plan, les prévisions à trois ans, le potentiel clientèle, les contrats de travail et les réunions de travail avec juristes et comptables, les négociations commencent.

Quand Colzy arrive à l'Agence, le ballet est savamment orchestré. Les filles sont parfaites, je lui propose un café, Doris s'il vous plaît, ne pas trop sourire, équilibrer modestie et fierté, laissez passer quelques respirations afin de mesurer ses effets, et divulguer la liste de nos clients en terminant par les plus importants. Colzy est impressionné par nos liens avec les plus grands comptes : L'Oréal, Nestlé, Henkel, Unifoy, mais aussi Clarins, Caudalie, Dior ou Chanel… Il pose des questions, cherche à savoir qui tient les budgets, qui va les chercher.

Sous un aspect affable, je vois l'homme coriace qui cherche à évaluer la force de mon intention et me pose des questions pièges.

— Si nous parvenons à conclure, allez-vous en profiter pour passer du temps sur une terrasse face à la mer avec un verre de chardonnay glacé ?

— Le temps de la passation, je me jetterai dans le travail comme une forcenée…

Onctueuse de politesse et de gratitude, je m'apprête à argumenter quand Doris m'interrompt :

— Votre fille pour vous.

— Je la rappelle plus tard, dis-je dans un sourire crispé.

— Elle dit que c'est urgent.

Je m'approche de Doris et lui dis doucement, presque en chuchotant : Je suis dans une négociation ultra-importante, je ne peux pas lui parler. Alors que je reprends ma conversation avec Colzy, Doris est toujours là plantée devant moi.

— Elle insiste, elle ne veut pas raccrocher.

— Je vous en prie, dit Colzy.

Je précise que ma fille est en Israël, vous savez ce que c'est les enfants…

— En Israël ?

— Bonjour, Gala, qu'y a-t-il ?

— Mims, t'as déjà goûté des brochettes de Marshmallows ?

— Euh, non.

Colzy m'observe en train de parler à ma fille, je crains qu'il détecte ma faiblesse alors que je suis là devant lui, essayant de lui montrer ma force.

— C'est hyper bon, je viens de commander une plancha tu vas la recevoir bientôt. Dès que je rentre on s'en fait.

— Et le truc important ?

— La plancha, Mims, je t'ai acheté une plancha.

Le silence qui suit chercherait à étouffer un fou rire si seulement je n'étais pas en train de négocier mon futur.

— Hé, ça va Mims ? T'es avec qui ? En temps normal tu dois me dire : QUOI qu'est-ce t'as encore fait avec ma carte bleue ? Est-ce que tu as lu un livre ? etc., etc.

— On n'est pas en temps normal, toi tu achètes une plancha et moi j'ai vu Suzanna, on a parlé de la pochette Gucci…

— Allô Mims, allô allô, je passe sous un tunnel.

Elle a coupé. Je lève les yeux vers Colzy. Pour être sûr qu'il ne se doute pas que ma fille m'a raccroché au nez. Alors qu'il n'y a personne au bout de mon téléphone je parle dans le vide avec chaleur et sentiment,

— Bon, on en parlera à ton retour. Moi aussi je t'aime ma chérie, oui à très vite, je t'embrasse.

Je cache ma gêne pendant que Colzy affiche un air amusé

— Nous en étions où ?

— Sur une terrasse face à la mer avec un verre de chardonnay glacé

— Je ne suis pas très chardonnay, mais je vous promets de vous donner les clés d'une agence en bonne santé.

Qu'est-ce qui me prend de promettre ? Dans ma tête, le coq chante trois fois. D'abord parce que j'adore le vin blanc sous toutes ses formes, et ensuite parce que je suis envahie de doutes. Je doute de tout. De la santé de mon agence, de mes intentions profondes, de mon aptitude à poursuivre cette discussion, du déséquilibre mental qui me menace, de ma fille qui affronte ce monde sans en avoir les clés.

Didier me rassure, on va faire ce qu'il faut avec la mariée.

Avec Colzy on prévoit de se revoir très vite.

Je sais surtout que si les choses traînent trop en longueur l'affaire ne se fera pas.

Je chasse de mon esprit les pensées parasites qui ne demandent qu'à tout gâcher.

En quelques semaines Didier et moi revoyons plusieurs fois Colzy. Il se montre délicieux et je suis sous son charme, impressionnée telle une apprentie comédienne de province face à un réalisateur hollywoodien. L'oiseau est conscient de son magnétisme, il en joue.

Je pense à Didier à qui j'avais posé la question :

— Mais comment fait-on pour habiller la mariée ?

— Il faut qu'elle soit désirable, au moins jusqu'au mariage.

— C'est-à-dire ?

— En dire le moins possible, rien qui ne soit nécessaire.

Au fond de moi, je sens frétiller l'organe de la chance.

Je préviens mes équipes de l'hypothèse d'une fusion, c'est le nom qu'un vendeur donne au rachat de sa société. Je fais de mon mieux pour être convaincante et leur prédire un monde meilleur. Les discussions démarrent, nos conseils respectifs sont en faction, sachant que la seule chose qui m'intéresse en réalité n'est pas le prix de la cession, mais le délai d'accompagnement que je souhaite le plus court possible. À ce stade il est encore trop tôt pour l'exiger.

Si je veux avoir le temps de remettre ma fille sur le droit chemin, et d'étudier Baudelaire et Musset qui sont au programme de première, il faudrait que je négocie un trois-cinquième.

Habituellement les acheteurs exigent un minimum de trois ans de présence. C'est le temps réglementaire auquel le vendeur est tenu d'accompagner la boîte dans le changement de gouvernance.

Dans la dernière ligne droite, je baisse mes prétentions en échange du raccourcissement de mon délai de présence obligatoire.

Le 23 août, nous signons un protocole dans lequel nous sommes d'accord sur tout.

Août 2008

Suzanna et moi sommes postées aux arrivées de l'aéroport. Le séjour de nos enfants en kibboutz s'est prolongé jusqu'à la fin du mois d'août. Depuis la conversation écourtée à propos de la plancha, nous ne nous sommes plus reparlé Gala et moi. J'affiche la double mine de la mère à la fois heureuse de retrouver sa fille et en même temps agacée à cause de l'histoire de la pochette.

Les voilà qui se dirigent vers nous bronzés, souriants, prêts à nous inonder d'amour. Gala me saute au cou :

— Miiiiims, c'était suuuuuper mais je suis contente de rentrer.

L'heure n'est pas aux règlements de comptes, ce n'est pas le moment de faire des reproches, les enfants sont là en bonne santé, heureux de leur séjour. Mickaël et Gala échangent quelques phrases en hébreu, et rient. Après les au revoir et à bientôt de politesse, on s'embrasse. Gala est toute mignonne et gentille et, dans ces cas-là, je suis incapable de reproches tant l'amour m'envahit.

— Alors, c'était comment ?

— C'était trop bien.

Comme d'habitude, je n'en saurai pas davantage. Et quand je lui dis à quel point elle est gonflée d'offrir des cadeaux qui m'appartiennent, elle me répond qu'elle n'avait pas d'argent pour acheter des fleurs à Suzanna.

— … alors j'ai pris ta pochette, c'est bon on ne va pas en faire un fromage. C'est toi qui m'as appris qu'on n'arrive jamais les mains vides.

— Bon, écoute-moi bien, maintenant il faut qu'on parle du bac.

Tout comme il y a plusieurs façons de rompre, il y a plusieurs façons de se faire quitter. Lucien aurait pu tomber sur quelqu'un qui ne veut pas comprendre et s'entête à refuser la rupture. Une attitude entre déni et argumentation positive qui réinvente l'idéalisme de la relation dont l'autre ne veut plus. Le largué ne doit pas expliquer au largueur pourquoi il a tort. Le largueur ne changera pas d'avis, au contraire, il sera même conforté dans sa décision. Insister ne sert à rien. Mettre le pied dans la porte est contre-productif. Tout comme le sont les hurlements, la fureur, et la rage qui emballent inutilement votre cortisol.

Lucien a de la chance, il est tombé sur moi, super digne dans ces moments-là. Pas d'insultes, pas d'actes irraisonnés, pas de mot, pas de mail, je m'accommode de « pas d'explications ». Je suis triste avec panache. Pour mon aptitude à me faire quitter sans histoire (et peut-être pour d'autres choses), on me regretterait presque. Ni Lucien ni Béata ne sauront que la nuit venue je mange et mouille mon oreiller. Je souffre, certes, mais comme tout, ça passera. Je pense peut-être à tort que quand quelqu'un veut vous quitter mieux vaut lui faciliter la tâche. Se persuader qu'il n'était pas si terrible que ça, qu'il était même un sacré tocard, et que j'ai une sacrée chance d'en être enfin débarrassée. Penser à remercier Béata à l'occasion. Et soudain apparaît dans le champ des possibles un massif fleuri plein de jolis garçons drôles, cultivés, gentils et fidèles. Merci la vie.

Un paquet de lettres est posé sur la console de l'entrée. Ni Gala ni moi n'avons eu l'idée de regarder le courrier. Il y a pourtant cette grosse enveloppe à l'attention de Gala Poinceau.

L'expéditeur mentionné est « GO CAMPUS ». Je n'ouvre pas le courrier de ma fille, mais rien ne m'empêche d'aller surfer sur le site de GO CAMPUS pour en savoir plus. Il s'agit d'un organisme qui propose à des jeunes de bénéficier d'une bourse d'études aux États-Unis. Ils sélectionnent les universités à l'étranger qui disposent d'un quota de quelques bourses dédiées aux étudiants étrangers. Il suffit d'avoir le bac et de remplir un dossier. Je découvre donc que Gala s'est renseignée sur son orientation d'après bac.

— Tu as vu que tu avais du courrier ? Des études aux États-Unis ? C'est pour apprendre à élever des chiens japonais ?

— Mais si, je t'en ai déjà parlé, c'est Paul, un copain de Suzanna, ultra sympa, je l'ai rencontré à un shabbat, il m'a dit qu'il pouvait s'occuper de mon inscription. On a déjà rempli le dossier ensemble. J'ai *apply* et TADAM, dans cette enveloppe il y a le *file scholarship*.

Je comprends que le dossier de préinscription à Carroll University ne se transformera en inscription qu'après acceptation, une fois complété des notes du bac, celles des deux dernières années et les résultats d'un test d'anglais. Où se trouve Carroll University ? Dans le Wisconsin. Où se trouve le Wisconsin ? Au nord-ouest de Chicago. C'est Google qui nous renseigne sur la géographie, et aussi sur un mot dont je comprends très vite le sens, car il est précédé d'un $: c'est le mot « *tuition*[1] ».

Ah, oui quand même.

Gala semble savoir à quoi je pense :

— Tranquille Mims, c'est presque gratuit avec la *scholarship*, au pire je te rembourserai, TKT, et puis des études aux US, c'est un bon placement !

Alors que ses yeux deviennent gourmands à la lecture du dossier, je me liquéfie de l'intérieur, ne sachant ce qui m'effraie le plus, le coût des études aux États-Unis ou l'éloignement de ma fille.

— Ah bon, c'est quoi le bon placement ?

— C'est moi, je suis ton meilleur placement.

— Ah, et comment ça ?

1. Frais de scolarité.

— Qui paiera un jour l'EHPAD de luxe dans lequel tu t'éclateras aux dominos en chantant *Il jouait du piano debout* ? Hein Mims, qui ? Ta fifille chérie ! Et grâce à qui ? À Carroll University !

Qui est donc ce Paul qui conseille ma fille sur son avenir et qui a l'air d'être écouté ? Lui.

Je suis assise en face d'un homme assez charmant, qui me regarde par en dessous, le menton rentré. Sur les murs autour de lui, des dizaines de photos punaisées montrent des jeunes gens en grappe, collés, hilares, sur fond de verdure, de cascades ou de façades de beaux bâtiments. M. Paul n'est pas peu fier de ses étudiants partis et revenus au mieux avec un diplôme, au pire avec une totale maîtrise de la langue anglaise et, dans tous les cas, dotés d'une plus grande confiance en eux.

— Merci, monsieur Paul, d'avoir eu la gentillesse de vous occuper des formalités d'inscription pour que ma fille Gala intègre une université américaine, mais j'aimerais quand même en savoir un peu plus.

— Bien sûr, je comprends.

M. Paul attaque son argumentaire.

— Il y a 4 700 universités aux États-Unis, alors bien sûr nous connaissons tous NYU, UCLA, Columbia, Harvard… Mais nombre d'entre elles ont l'envie et le besoin de se faire connaître à l'international. La plupart prévoient dans leur business plan quelques bourses destinées aux étudiants étrangers. Souvent, ces bourses demeurent inutilisées. Go Campus est un organisme associatif qui va les chercher, et les propose aux jeunes désireux d'effectuer une partie de leurs études aux USA. Pour les parents, le coût est plutôt inférieur à la moindre école de commerce française postbac, et pour les enfants c'est une expérience formidable. Alors, quand Suzanna m'a parlé de Gala, de ses problèmes au lycée, de son don pour les langues, son agilité pour toute forme de business (là Paul éclate de rire, pas moi), nous avons pensé que l'option américaine pourrait l'intéresser. Je lui en ai parlé et elle était emballée.

— « Nous » avons pensé ? C'est qui, « nous » ?

— Eh bien, Suzanna et moi-même, euh, ne pensez-vous pas que ce serait une bonne idée pour votre fille ?

À ce stade de l'entretien où tout peut basculer, un cliquet de sécurité se met en place dans ma tête, m'indiquant qu'il est préférable de ne pas se mettre Paul à dos. Il risque de devenir le mentor de ma fille et le lien avec sa possible future école. Je rétropédale…

— C'est en effet une très bonne idée, découvrir d'autres horizons, une autre culture, qu'elle s'éloigne de la France… (je ravale mon irritation, me demandant quel rôle Suzanna a pu jouer dans cette option, sans m'en parler préalablement) … Et de ses parents.

— Enfin de sa mère, Gala est déjà éloignée de son père, je crois.

Je vois que Paul est au courant de tout. Nous nous quittons sur des banalités croisées et une poignée de main.

Nous signons la transaction le 20 septembre 2008, trois mois après avoir contacté mon futur acheteur, cinq mois après l'annonce du renvoi de Gala de son école, et cinq jours après l'annonce de la chute de Lehmans Brothers, dont personne ne mesure encore l'impact sur l'économie française.

La période qui suit la signature est dense, intense, chargée. Tout se fait en accéléré. Il y a des réunions de passation, des présentations. On voit venir les bras armés de l'entreprise acheteuse. Il y a celles qui préfèrent partir plutôt que de se soumettre aux règles de la nouvelle gouvernance, et il y a celles qui sont curieuses de voir ce que tout ceci va donner. Pour ma part, je suis prête à muer, à me débarrasser de mon ancienne peau tout en ne sachant pas de quoi sera fait mon nouveau costume. Je vais devenir quelqu'un d'autre, mais surtout perdre un statut que j'ai mis tant d'années à construire.

L'acheteur a déjà placé son homme.

Damien Lecurf a quarante ans, des cheveux coupés court et des yeux qui vous mangent. Une femme, deux enfants, une Ducati Monster, un parcours sans faute et un truc entre modestie et arrogance qui pourrait faire croire à de la sympathie mais qui n'est en réalité qu'ambition. Poignée de main ferme, utilisant des mots venus du corporate anglo-saxon, Damien Lecurf est un homme de marketing qui impose le tutoiement, moins le respect. Cette proximité accentuée par une main sur l'épaule ou dans le dos et qui fait tomber la distance de la hiérarchie avec l'air d'être cool. Comment le lui reprocher ? Ce comportement lui vaudra de se faire lourder sans ménagement quinze ans plus tard par la puissance de femmes en colère qui se souviendront qu'il s'agissait en réalité d'attouchements non consentis. Mais pour l'heure, il savoure son pouvoir et aucune des filles de l'Agence n'y trouve à redire. Quel sacrilège de voir un homme aux commandes de ma boîte de femmes. En plus, il risque de réussir, cet âne. Sa présence et son vocabulaire me démodent brutalement, et me font passer pour la bourgeoise coincée que j'ai l'impression d'être, ou la totale « has been » que, de toute évidence, je suis.

Toutes celles qui ont choisi de rester semblent adorer les ordres qu'il leur assène. À quoi doit-on le sourire soumis d'Adèle ou de Béata, que j'ai toujours connues avec moi sympathiques mais libres, et circonspectes ? Au privilège de la nouveauté, au pouvoir de séduction ou à l'autorité d'un homme dans la splendeur de sa masculinité. Je ne me sens plus à ma place. La barrière de la hiérarchie est tombée, elle a fracassé mon autorité. Le regard de « mes femmes » a changé. Il glisse. Désormais, on n'en réfère qu'au nouveau boss.

Plus que trois mois, plus que deux mois…

Béata devient la reine de l'Agence et, depuis sa présentation de la campagne Gerlinéa dans laquelle

elle a triomphé, elle aspire à un changement de statut. Elle ne veut plus être directrice artistique mais directrice de la création, une suggestion qui doit venir de Lucien. Quelle présomption christique que de vouloir diriger La Création ! Son audace est récompensée, le titre lui est concédé.

Ses pistes créatives ont fait l'unanimité. Gerlinéa, substitut de repas équilibré, garantit un contrôle du poids et l'accès à la minceur recherchée. Pour les images, elle préconise d'aller faire des photos en Afrique du Sud. La lumière y est plus belle, les décors variés, on peut y travailler de longues journées, de 5 heures du matin à 19 heures, précise Carla, et surtout les tarifs sont très attractifs. De nombreuses agences de mannequins internationales ont ouvert une antenne saisonnière à Cape Town. Agences, modèles, producteurs, régisseurs, coiffeurs, maquilleurs, stylistes… s'y retrouvent pour combiner fiesta, travail et art de vivre. La plage de Camps Bay c'est Ibiza et Monaco réunis. Surtout, les droits de l'image ne sont pas aussi réglementés qu'en France. Ce dernier argument fait mouche. Lors de cette réunion à laquelle j'assiste, elle déballe les books de photographe. Et comme par hasard, elle recommande avec insistance celui de Lucien. Elle évite soigneusement mon regard. Elle a raison, car en cet instant très précis, je me retiens d'attraper le portfolio, de lui taper sur la tête et de hurler que la boîte n'a pas à financer leur lune de miel au soleil.

Vivement que je parte. Heureusement, c'est pour bientôt.

— C'est parfait, partons là-dessus, l'Afrique du Sud est une très bonne idée, tranche Damien le Curf. Et pour le photographe, je vous fais confiance.

Il est temps de quitter l'agence que j'ai créée il y a vingt ans et qui est désormais investie par d'autres personnes, plus jeunes, plus mixtes, et moins enceintes. Une page se tourne.

Depuis la rentrée scolaire, qui pour elle n'a pas eu lieu, Gala est à la maison. Elle passe le plus clair de son temps dans sa chambre, devant son ordinateur, j'ignore ce qu'elle y fait vraiment. Les cours par correspondance du CNED sont toujours sur la table de l'entrée. Ma crainte est qu'elle s'amuse à pirater des comptes, ou des gens, ou des institutions. Parfois, je l'entends parler en anglais ou en hébreu. Il faudrait que je surveille davantage ce qu'elle fabrique. Mais comme d'habitude, je n'ai pas le temps. Je compte sur les vacances de Noël qui arrivent pour m'occuper d'elle et avancer sur la préparation des épreuves de français.

En attendant, la presque totalité de mon cerveau est dédiée à l'agence.

— À table, c'est prêt.

— Je suis avec la Nasa, me lance-elle en rigolant.

La date exacte de mon départ vient encore d'être repoussée. Je voulais rester trois mois seulement, c'est le temps d'accompagnement sur lequel nous nous sommes mis d'accord. Puis maintenant il est question de six mois, ce qui m'amène au printemps. C'est long pour l'Agence, c'est court pour le bac. Le comble est que je travaille encore plus qu'avant, et pour un patron qui n'est plus moi. De plus, à l'Agence, ma position est ambiguë et mes responsabilités atténuées. Obéir à Damien le Curf m'énerve, mais moins que de voir la « Directrice De La Création » roucouler avec mon ex et organiser ses séances de photo-shoot au soleil. Vite, que ça s'arrête !

Je sollicite un rendez-vous avec Colzy et, à ma grande surprise, celui-ci amorce un rétropédalage que je n'ai pas vu venir.

— Vous comprenez bien, chère Andréa, que nos conditions ne peuvent être les mêmes au regard de cette crise financière. La situation économique que nous rencontrons n'était pas prévue, je ne peux honorer nos conditions et faire comme si cette crise n'existait pas. Vous ne pouvez pas quitter l'Agence comme ça, vous devez rester jusqu'à ce que nous y voyions plus clair.

— Mais ce n'est pas ce qui a été dit, écrit et ratifié.

— C'est vrai, mais nous avons le droit de changer d'avis.

— J'étais d'accord pour prolonger ma présence d'un ou deux mois, mais pas davantage, d'autant que Damien s'en sort très bien…

Je ne sais que dire, j'aimerais avoir un avocat sous la main qui me souffle la bonne attitude à adopter, ou une zapette pour changer de programme et me retrouver ailleurs. En attendant,

Colzy triture avec délicatesse un coupe-papier donnant au tableau une image passive agressive.

— Et si je refuse de rester ?

— Dans ce cas-là, nous nous dirigerions tout droit vers une démarche plus belliqueuse, empreinte de moins de civilité, voyez-vous. Vous auriez beaucoup à perdre avec cette option, beaucoup, oui ; en fait : tout. À vous de voir. Avec une partie juridique qui va plomber vos comptes et nos relations. Je vous demande de réfléchir, reparlons-en demain avec nos conseils respectifs.

Ces mots atteignent mon cerveau et mon ventre comme un coup de poing. Où est donc passé l'homme qui m'avait tant séduite ? Je cherche dans ses yeux le velours de la première rencontre, le souvenir d'une connivence, je n'y trouve que la rugosité d'un poisson aux dents pointues sortant de la glacière. Je pense à Mme Marin et à sa communication non violente. Ne rien dire de définitif, sortir de l'emprise des émotions, se contrôler. Réajuster les rênes de ma fougue intérieure et envoyer mon autre moi, le placide, prendre les commandes de mes propos et répondre :

— Reparlons-en tranquillement demain, oui.

J'appelle Didier pour vérifier les termes du contrat. En effet, leurs avocats ont prévu un alinéa qui stipule qu'en cas de situation exceptionnelle, les accords seraient caducs. La crise qui foudroie la France en cette année 2008 pourrait en effet rentrer dans la catégorie « situation exceptionnelle ».

— Après, ça se plaide, ajoute Didier, mais je vous le déconseille.

— Je ne peux me permettre d'abandonner mon travail en échange de rien du tout. J'ai besoin d'un minimum.

— Ah, c'est sûr que si vous partez, vous perdez tout.

— Je n'ai pas le choix alors, je vais rester, le temps qu'il faudra.

Voilà Didier rassuré.

Quand j'arrive à la maison, Gala est en train de dessiner des constructions colorées tout en écoutant un livre audio. Il va falloir lui annoncer que je continue mes horaires de dingue et que pour son bac, elle va devoir se débrouiller sans moi. J'arrête le son du livre audio. Je me plante devant ma fille avec l'air solennel et désolé qu'exige la circonstance.

— Ma Gala, je devais arrêter l'agence à la fin du mois, mais finalement ce n'est pas possible, je suis obligée de rester encore.

— Pourquoi ? dit-elle paniquée.

— Parce que c'est comme ça.

— Maman, tu m'avais promis.

— Je sais, mais je n'ai pas le choix.

— À quoi ça sert de faire des promesses qu'on ne peut pas tenir ? Moi, je comptais sur toi, tu ne veux pas que j'aie mon bac, c'est ça ?

— Bien sûr que je veux que tu aies ton bac. Écoute, on va faire ce qu'on peut.

— Pfff, tu parles.

Elle tourne les talons, furieuse, claque la porte de sa chambre, et je l'entends crier qu'elle veut partir d'ici et aller chez son père.

Parfois, j'ai du mal à distinguer si les complaintes de Gala relèvent de sa volonté de me culpabiliser ou si elle est réellement affectée par ce que je lui annonce.

Le bac en candidat libre s'annonce plus compliqué désormais.

La nuit qui vient est pour moi blanche et triste. Le réveil à 4 heures, le moulin dans la tête, et la plongée dans un nouveau sommeil à 7 h 30 au moment où le radio-réveil déclenche les infos et envoie son florilège de mauvaises nouvelles.

Avant de partir travailler, je laisse un mot sur la table :

Ces quinze euros pour t'acheter un Picard. Bon déjeuner, à ce soir, Love you, Maman.

À l'agence, j'ai l'esprit occupé, je traîne de bureau en bureau, bonjour, ça va ?… Appel de Jean-Paul Colzy, je ne le prends pas, je ne sais quoi lui dire, je le rappellerai plus tard.

Je passe par la maquette, salue les filles, me sers un café.

— Vous faites quoi pour le déjeuner ? me demande Damien Lecurf.

— Rien, Damien, j'ai prévu de ne rien faire.

Damien me demande si ça va.

— Disons que j'ai connu des moments plus sereins.

Je pense à Gala seule, à la maison, qui découvre le mot de sa mère lui disant d'aller acheter un plat surgelé pour le déjeuner, sachant qu'avec quinze euros elle comprendra qu'elle peut s'en acheter un deuxième pour le dîner car sa mère rentrera trop tard, comme d'habitude. À moins qu'elle ne s'achète un paquet de cigarettes avec la monnaie, ce qui est plus probable. Je l'appelle, elle ne répond pas.

Chaque minute me ramène à cette promesse que je ne peux honorer. L'instant d'après me plonge dans le travail, vorace lui aussi de mon temps.

— On peut se voir maintenant, Andréa ?

Damien le Curf interrompt mes pensées.

— J'ai besoin de votre accord pour le budget du nouveau photo-shoot en Afrique du Sud.

Damien le Curf veut que je valide les détails du prochain voyage de Béata et Lucien.

— Parce que quand même, c'est un gros budget, le palace, l'hôtel, la business… Je note que Béata et Lucien montent en standing dans les productions : les frais de repas ont doublé depuis la dernière fois, le cinq-étoiles a remplacé la guest house de charme. Il faut justifier tout ça auprès du client, siffle Damien.

Un imperceptible ricanement me fait dire qu'il est au courant, que c'est du sadisme et qu'il veut me faire craquer. Je raye « classe affaires » et mentionne d'un trait énervé « en éco, merci ». Le reste ne m'intéresse pas, j'applique mon OK et j'essaie de rappeler Gala qui, pour la deuxième fois, ne répond pas.

Toujours la messagerie.

Une heure se passe. Je rappelle encore. Toujours rien.

Plus tard, dans l'après-midi, j'adresse à Gala une série de textos, comme une supplique dont le ton évolue au fil des minutes.

Hou hou ma Gala.

Tout va bien ?

S'il te plaît réponds, moi. Je m'inquiète…

18 heures, toujours rien. Aucune nouvelle. Ce n'est pas normal.

Il ne m'en faut pas plus pour penser au contenu du journal intime, et me faire un sang d'encre. L'idée d'une catastrophe fait son chemin. Je ne pense plus qu'à ça. J'appelle la voisine sur son téléphone fixe, elle n'est pas chez elle. J'essaie de me calmer car je reconnais là l'état de panique dans lequel je peux plonger. Au moment où je décide de revenir à la maison pour vérifier ce qui s'y passe, le téléphone sonne. Je me précipite, espérant enfin un appel de Gala.

Mais c'est encore Colzy. Je ne décroche toujours pas. Le message qui suit est laconique, comminatoire, au couteau : *Chère Andréa, j'attends le reporting et le forecast.*

J'arrive à la maison, personne. Gala est partie sans laisser de mot et elle ne répond toujours pas. Je fonce dans sa chambre à la recherche de son journal intime ou de quelque post-it qui apporterait des informations. L'historique de son ordinateur indique qu'elle s'est renseignée sur les horaires de train pour Villers-Cotterêts.

Son père, bien sûr !

Comme un exutoire à sa colère, comme une obscure raison à son errance, Gala est allée le retrouver. Au moment où je m'apprête à composer le numéro de Denis, le téléphone sonne et c'est encore Colzy.

Je voudrais qu'il arrête de me persécuter.

Je voudrais qu'elle arrête de me persécuter, doit se dire ma fille.

— Allô Jean-Paul, bonjour, tout va bien ?

— Oui, Andréa, vous avez eu mon message ? Je n'ai pas reçu le reporting et le forecast destinés à l'actionnaire que vous deviez m'envoyer.

— Le reporting ? Le forecast. Ah oui bien sûr, désolée, je n'ai pas eu le temps.

— C'est important. Vous devez me l'envoyer aujourd'hui, s'il vous plaît, au revoir.

Après cet échange, qui me place en culotte courte et interpelle ma liberté, j'appelle Denis.

— Gala est chez toi ?

— Oh non, c'est pas vrai, c'était aujourd'hui ? Oh, j'ai complètement oublié, c'est vrai, elle m'a appelé la semaine dernière ; elle est bizarre non en ce moment, on ne sait pas ce qu'elle veut.

— Denis, ce n'est pas possible. Tu es complètement irresponsable ! Je n'ai pas de nouvelles d'elle, tu as oublié votre rendez-vous, et tout ce que tu trouves à dire c'est qu'elle est bizarre ?

Je raccroche avant d'avoir sa réponse.

Mon téléphone portable bipe. Les textos à jet continu viennent de Gala.

Houla
calmos
Mims
tkt
Javé plus de batterie
Jété à plat

Du soutien qu'elle est allée chercher chez son père, du train qu'elle a pris pour rejoindre Villers-Côtteret, des quatre kilomètres qu'elle a faits à pied pour atteindre sa modeste demeure, et de la porte close qu'elle a trouvée en arrivant, et du retour dans les mêmes conditions, elle ne m'en parlera qu'à demi-mot, bien plus tard.

— Je sais que tu es allée chez ton père, tu sais comment il est… Tu le connais.

— Je ne veux pas en parler.

Elle n'a que moi. Elle ne peut compter que sur moi. Sur personne d'autre. Et moi, je dois faire remonter le reporting et le forecast à Colzy avant la nuit et à l'actionnaire avant demain. Un actionnaire qui se moque bien de mes difficultés à recentrer ma fille.

J'ai une séance prévue avec Mme Marin que je n'ai pas envie d'annuler, ce qui m'empêche de transmettre le combo reporting forecast à Colzy dans les temps. Rester à l'écoute de ses désirs, ne pas s'oublier, demeurer maître de son destin et, en l'occurrence, mon destin est-il de renoncer à mon travail pour accompagner ma fille Gala dans un chemin plus droit ou est-il de consacrer mon énergie, mes croyances, mon devenir, mon être entier à mon travail, désormais dirigé par d'autres ? Suis-je plus MOI là ou là ? Que restera-t-il de moi de plus prégnant, de plus « moi », mon ex-agence ou ma fille ? Mme Marin me rappelle que j'ai choisi les deux.

Je sors de chez la psy et, dès que je réactive mon téléphone, le nom de Jean-Paul Colzy s'affiche. Alors, sans allô de courtoisie, sans formule de politesse, sort de ma bouche une phrase définitive qui n'a pas été invitée et qui scelle une décision irrévocable sur laquelle je ne reviendrai pas.

— Jean-Paul, je suis désolée, j'ai réfléchi, j'ai hésité, mais je pars. C'était le seul point non négociable de nos accords.

— Pardon, vous êtes sérieuse ?

— Très sérieuse.

— Vous voulez donc la guerre ?

— Surtout pas.

— Mais est-ce qu'on pourrait se mettre d'accord sur au moins un an supplémentaire ?

— Non, ni un an ni un mois ni même une semaine, peut-être juste un jour et encore, ça dépend de la teneur de notre conversation.

— Vous savez ce que ça veut dire ?

— Oui, que je renonce à beaucoup de choses, j'en ai conscience, mais je me dois d'être honnête avec vous, je suis ailleurs et trop sous pression et, comme je vous l'ai dit, il faut que je m'occupe de ma fille. Je pensais y arriver et je m'aperçois que non.

— Quoi, votre fille qui achète des planchas avec votre carte de crédit ? Je ne comprends pas, si c'était un bébé je ne dis pas, mais votre fille est grande, non ?

— Elle a besoin de moi.

— Tout comme nous… Vous allez le regretter.

Je vais partir sans me retourner, libre, et sans aucun regret, mais surtout sans ce qui aurait représenté l'assurance d'une retraite confortable. Je vais bien tenter de négocier une indemnité de départ, mais ce n'est pas gagné. Ne pas faire la guerre me coûte cher. Celle-ci est souvent plus fructueuse que la paix. Mais l'idée d'un conflit juridique n'est pas envisageable. L'énergie que nécessiterait une procédure me fatigue d'avance.

Didier manque de s'étrangler, et me raccroche au nez. Mais il rappelle quelques minutes plus tard pour s'excuser et me dire qu'il arrive immédiatement pour me faire changer d'avis. « Vous êtes chez vous ? Ne bougez pas. » Il débarque à mon domicile comme un cheval fou.

— Andréa, avez-vous conscience que la cession des parts se fera sur la base d'un montant ridicule et symbolique ? Mais enfin, je ne comprends pas bien, qu'est-ce qui vous empêche de rester dans la boîte et de continuer à faire semblant d'être présente ? À ce niveau-là de responsabilité, vous n'êtes pas tenue de travailler soixante heures par semaine.

— Ce qui m'en empêche ? Ma fille, et une forme d'honnêteté, je suppose.

— Doublée d'une forme de…

Et Didier de se tapoter l'index contre la tempe.

J'insiste pour ne pas célébrer ce moment par un raout à l'hypocrisie triste. Je veux partir comme je partirai un jour, sur la pointe des pieds, discrètement.

Comme Karl Lagerfeld.

Tout pareil.

Le dernier jour (soit une semaine après mon bras de fer), je colle un carton sur la banque d'accueil.

« Je pars. Pas de pot. Merci à vous toutes. »

Dix jours plus tard, après avoir fait mes cartons que je viendrai chercher en voiture, je passerai dire au revoir aux équipes, les remercierai chaleureusement pour tout, et irai même jusqu'à les embrasser. Puis je sortirai, le ventre serré par ce que je laisse derrière moi. Dix-huit années de ma vie se dissolvent d'un coup. Devant moi, un avenir trouble, incertain, excitant. La deuxième partie de ma vie.

Mes pas me portent jusqu'au pont de Grenelle, je descends sur le quai puis, au bord de l'eau et comme portée par une force nouvelle, je lève les bras en adressant au ciel des larmes bruyantes, et je crie de toutes mes forces. Je hurle à m'en déchirer la glotte, comme dans la voiture quand j'ai perdu ma fille sur l'autoroute américaine, sauf que là je vais la retrouver. Contre un mur, un clochard allongé se réveille effrayé par mes pleurs.

Cette angoisse du vide à venir se heurte au coucher de soleil qui apparaît au loin. Je suis saisie par la beauté du rouge délavé à qui mes larmes donnent une perspective voilée. Immortaliser ce moment spécial, cet instant irréversible, la nuit qui tombe, ma vie qui change… Vite prendre une photo, avant que la nuit n'arrive. J'ai toujours un appareil jetable dans mon énorme sac fourre-tout qui pourrait contenir une tente deux-places bien pliée. Je fouille : trousse de maquillage ventrue, portefeuille, cahier, agenda Filofax, livre en cours, bouteille d'eau. J'extrais de ce bazar une sorte de chemise cartonnée qui ne me dit rien. C'est quoi, ça ? Ce n'est pas à moi. J'ouvre la chemise.

Il y a une photo format A4 qui représente toutes les collaboratrices de l'Agence au grand complet (même celles qui étaient censées être en congé maternité sont là). Debout devant la porte d'entrée, elles sont souriantes, la main levée en guise d'adieu, une fleur jaune au côté droit.

Jaune, ma couleur préférée que je voulais toujours caser quelque part dans nos créations publicitaires.

En légende : WE LOVE YOU, CIAO ANDRÉA. Dans le coin de la photo je lis : « Crédit photo : Lucien D., Direction artistique : Béata C., Organisation : Gala P. »

Je verserais bien une larme si pour d'autres raisons je n'étais pas déjà en train de pleurer.

J'immortalise cet instant en me disant que je ne suis pas près d'oublier ce coucher de soleil.

Sur mon téléphone, apparaît alors un message :

Alors Mims, ce soir comme promis c'est moi qui fais la cuisine. Je me lance dans des Raviolis made in Buitoni. Une recette de mon invention. On va se régaler !

Ma nouvelle vie est lisse et glisse. Sur mon agenda sont notées des choses comme 9 heures : français ; 11 heures : yoga ; 15 heures : espagnol ; 18 heures : psy. Je gère le calendrier des cours et des activités. Les indispensables et les autres, comme l'italien, qui n'est pas au programme du bac, mais que nous avons décidé d'apprendre ensemble après un dîner pizza. Gala par pure fantaisie, et moi parce que j'en aime la cuisine et l'opéra.

Situé en plein cœur de Paris dans un bâtiment classé, l'Institut culturel italien propose un apprentissage efficace pour qui le veut. La classe rassemble une dizaine de personnes d'âges divers : étudiant, retraité, chômeur, salarié appelé à être muté, dragueur désœuvré ou autre apprenti pizzaiolo... Alessia, notre professeure, est joviale, conforme à l'image volubile que l'on se fait de l'Italienne type. Elle illustre ses mots de gestes amples et vifs et nous interroge les uns après les autres. Je suis l'élève la plus âgée, Gala est l'élève la plus jeune. Elle apprend vite. Plus vite que nous, et surtout beaucoup plus vite que moi. Plus elle imprime, plus ça me déprime. Mon cerveau a des capacités cognitives inférieures à celles de ma fille. Elle se souvient de tout, forme des phrases, et inscrit définitivement dans sa mémoire ce que son esprit effleure à peine. Je ne peux pas en dire autant, les mots glissent sur moi comme l'eau sous la douche, je ne retiens que ce qui repasse plusieurs fois. Est-ce le cours normal des choses ? La déchéance mentale m'obsède. À quel âge mes parents ont-ils commencé à perdre la tête ?

Hormis les cours à l'Institut culturel italien, qui m'enchantent parce qu'ils sont partagés, j'ai mis en place toute une organisation qui balance entre plaisirs (cours de hip-hop, cinéma…) obligations (maths, français…) et évasion (copains et copines respectives, histoire de se décoller l'une de l'autre), Mme Marin et les séances de psy se situant dans une case différente.

Dans l'appartement trône au centre du salon le tableau de la semaine avec les matières, le lieu et l'heure. Grâce au CNED, le programme scolaire est à peu près respecté, même si les cours d'italien, de dessins, de Torah ou de mandoline ne sont pas au programme du bac L mais joueront leur rôle. Tous les matins, je me transforme pendant deux heures en enseignante de français, d'histoire et de géographie. Je lis à voix haute certains passages de textes fondateurs, et par deux fois un livre en entier. Je fais un bide avec *Une Vie* et un tabac avec *Bartleby*. Pour l'analyse et les commentaires, il faut faire vite car Gala n'est pas patiente et se lasse de mes cours, ou de moi, ou de Victor Hugo, et encore plus de Baudelaire. Pourtant, un soir juste avant de se coucher, au-dessus d'une tisane je lui récite « Le Lac » qui me revient quasi intact, exhumé du tréfonds de ma mémoire.

… Laissez-nous savourer les rapides délices des plus beaux de nos jours…

Ça lui parle. On en parle. Je tiens un truc. Lamartine et sa dégoulinade romantico-kitsch va m'aider à ouvrir la porte à d'autres genres littéraires.

Enseigner signifie malgré tout pour moi faire une tâche pour laquelle je n'ai aucun don. Lorsque je lui propose des exercices, je cherche son attention à l'aide d'approches ludiques, mais elle repère toujours la faille ou le moyen le plus simple de gruger. Même avec moi, elle ne peut s'empêcher de planquer des antisèches dans ses chaussettes. Je lui dis que les victoires pour lesquelles on a combattu ardemment ont plus de valeur que celles obtenues trop vite, que le but est d'apprendre au mieux, pas de tricher au mieux.

— Mais c'est plus amusant de tricher, ça va plus vite.

— Non, c'est plus amusant de réussir sans l'avoir fait.

Ce n'est pas gagné. Enseigner ne s'invente pas ; chaque jour qui passe m'oblige à rectifier les fondamentaux de la morale, des comportements et de la logique. Je suis entièrement dévouée à ce nouveau défi. Que Gala termine son année de première avec de bonnes notes au bac de français, qu'elle passe en terminale et qu'elle ait son bac. Après on verra. J'espère juste qu'un jour elle reconnaîtra que l'obsession de sa mère pour cet insignifiant examen aura été un tout petit pas, certes, mais qui l'emmènera loin, quelque part, au grand galop.

J'ai mis du temps mais j'ai fini par me décider. Après tout, qu'est-ce que je risque ? La voyante est un voyant qui officie dans une banlieue du sud-est parisien. Le logement de M. Irmohamed est coincé entre les bâtisses modernes dédiées aux sièges sociaux de boîtes du CAC et les ateliers désaffectés que les archi-promoteurs s'arrachent à grands coups d'influences et de pots-de-vin. Mon voyant n'a pas besoin de qualités extra-lucides pour voir en moi la mère, la fille et la femme, toutes trois un peu en désarroi, toutes trois un peu pathétiques. Il ne me dit que des banalités positives, après tout, c'est surtout pour ça que nous allons voir des voyant(e)s, non ?

— Bientôt, vous vous poserez moins de questions. Bientôt, le monde autour de vous s'en posera bien davantage. Vous serez soulagée de devoir restreindre votre énergie, car ce sera alors le cas de la plupart des gens partout sur la planète.

Je prends un ton ahuri.

— La planète ?

— Je vois le monde entier au ralenti.

— Ralenti par quoi ?

— Je ne sais pas, mais c'est puissant, je vois que le monde devient un grand carnaval mais je ne comprends pas pourquoi. Il est mû par une force virale.

— Vous voulez dire vitale ?

— Oui, vitale, j'ai fait un lapsus.

Il éternue, puis tousse, puis s'étouffe, retousse.

— Ça va ?

— Non, ça va aller, j'ai dû avaler de travers.

Il me parle ensuite des malheurs du monde à venir, guerre, grèves, inflation, et un tas d'autres choses qui n'accrochent pas mon intérêt. STOP ! Au bout de quelques considérations d'ordre divers, je n'en peux plus, j'ai hâte de m'enfuir, il me fait peur cet homme phtisique dont les yeux se révulsent quand il prononce le mot « art russe », à moins qu'il ne s'agisse de chars russes. Il y a du vertige dans l'air, attention, il y a du vertige dans l'air, insiste M. Irmohammed. Cet homme est trop bizarre. Je regrette d'être venue. Il dit n'importe quoi alors qu'il n'y a qu'une seule question qui m'intéresse : est-ce que ma fille aura son bac ?

L'année du bac

Des mois sont passés, voilà maintenant un an et demi que j'ai quitté l'agence et que je me consacre à mon adolescente qui l'est de moins en moins, laquelle a un copain, va à la syna, apprend l'italien, la mandoline et continue à faire ce qu'elle veut de moi et de son emploi du temps.

Le bilan de mon investissement personnel est mitigé. Certes, Gala a obtenu des notes passablement correctes au bac de français en juin dernier, mais le bac général qu'elle présente dans trois mois en candidat libre s'annonce hors de mon contrôle.

Pourtant, il me plaît de croire que tout cela n'est pas vain. Mais à quel prix ? Ma vie sociale est un désert, ma vie intime inexistante, mes journées s'égrènent dans l'organisation du planning des leçons, la vérification des devoirs et la surveillance discrète des distractions. Je cours tous les jours jusqu'à l'épuisement en me répétant que ce n'est pas le moment de renoncer. Je ne la lâcherai pas. Elle aura son bac et je la mettrai sur l'orbite d'un apprentissage supérieur en lien avec ses aptitudes et ce qu'elle aura décidé. Nous parlons beaucoup. J'ai du mal à avoir avec elle des discussions sérieuses profondes, mais ce n'est pas important : je suis là.

Mme Marin est là aussi. Non, je ne suis pas sacrificielle. Je traverse un moment qui ne se représentera plus jamais. Ma copine Cosy, qui ne comprend pas pourquoi j'ai vendu ma boîte et encore moins pourquoi j'ai arrêté de travailler, me dit de me calmer avec ma fille, que cet examen n'a que peu de valeur, que ma démarche aurait du sens si je mettais ma carrière entre parenthèses le temps que ma fille intègre Normale ou Harvard, mais pour le bac, franchement, n'est-ce pas un peu grotesque, non ? questionne-t-elle. En plus, aujourd'hui, tout le monde l'a. Comment expliquer à cette fille de polytechnicien le symbole d'un diplôme qui ne vaut rien mais que je suis la seule à avoir dans ma famille ?

Sur le fond, elle a raison, il faut que j'arrête de fantasmer sur ce pauvre diplôme. Mais aider ma fille à avoir son bac en prenant ces deux années sabbatiques est ma bataille du moment.

Mon rôle est aussi de tenir à distance les anciens démons qui toquent à la porte dès que je baisse la garde.

Ainsi, lorsqu'une de ses anciennes clientes demande à ma fille et en ma présence s'il lui reste encore un modèle en vernis noir grand format, je ne peux m'empêcher d'interroger Gala pour savoir si elle a vraiment abandonné son petit commerce.

— C'est-à-dire qu'il me reste encore quelques produits à vendre. Organisons une vente à la maison histoire d'écouler les stocks et solder les comptes.

— Bon, on va dire que c'est la dernière fois. Mais il te restait autant de sacs ?

— Lucien a fourni le réassort. Il a ses entrées dans la mode.

— Quoi ? Lucien ? Tu es en contact avec Lucien ? Mais depuis quand ?

— Depuis toujours, pourquoi ?

— Mais je croyais que tu étais fâchée avec lui.

— Quand on a besoin de quelqu'un, on n'est pas fâché, c'est Suzanna qui le dit.

Voisins, amis, relations défilent à l'appartement, même Mme de Saint-Gobain et sa fille Gwenola font partie des visiteurs. En deux heures, Gala vend la totalité de ses produits.

L'autre démon est neutralisé, j'en suis sûre. Elle ne supporte pas l'herbe qui lui déclenche des allergies, et je n'ai jamais cru à cette histoire de quatorze pilules d'ecstasy avalées en une soirée. J'avais bien essayé de la questionner, mais impossible d'en savoir plus.

— Pourquoi tu as écrit ça ? avais-je demandé à Gala

— L'histoire ne le dit pas, avait-elle répondu.

Dix ans plus tard, j'aurai enfin la réponse.

Côté ressources, j'espère bien récupérer quelques indemnités de départ. Les avocats traînent, discutent et cherchent le conflit avec l'air de chercher un accord. Je n'ai ni revenu ni visibilité sur l'avenir, je puise dans mes économies. À l'horizon, le vide, dans mon cœur, le vide dans ma tête, un stress sourd et lourd.

Gala et Mickaël c'est une histoire qui dure. Elle est celle qui le fait rire. Il est celui qui a transformé les soirées pyjama Cluedo en séquences exploration sexuelle et culturelle. Les voir tous les deux au petit-déjeuner me met mal à l'aise. La mère ultra cool que j'essaie d'être est en lutte avec la mère coincée et désorientée que je suis.

À quel âge ai-je commencé moi-même ? Bon, oui, en effet, mais la sexualité des adolescentes de mon époque ne s'exerçait pas sous le regard approbateur de leurs parents.

Mais j'ai adopté Mickaël, avec ses habitudes, son humour et ses manières, au regard de la bonne influence qu'il a sur Gala. Je suis moins à l'aise avec l'importance qu'il semble donner à la religion.

Je le pensais plus distant de la foi, jusqu'à ce que je me rende compte que dans toute conversation quelle qu'elle soit, Mickaël revient invariablement sur sa judéité, l'importance de ses préceptes, la gaieté des festivités, la fierté qui se dégage de son appartenance communautaire.

J'ai envie de dire à Gala que le terrain est miné, qu'il ne faut pas qu'elle s'investisse trop dans cette relation, que l'amour n'a rien à voir avec le fait qu'il sera difficile à Mickaël de laisser perdurer leur histoire. Que moi-même quand j'étais jeune je m'y suis cassé les dents, et j'ai été quittée car « je n'en étais pas ». Mais qu'elle peut continuer à apprendre l'hébreu et des prières si ça l'amuse. Et puis, en y repensant, je me dis qu'elle est jeune, qu'elle a le temps de découvrir le monde, les gens. Une fois de plus, je ravale mes considérations et les garde au chaud pour plus tard, ou pour des choses plus graves. En attendant, si Mickaël peut l'encourager à avoir le bac et la mettre sur les rails d'études supérieures, je ne peux que lui en être reconnaissante. Il est en première année de droit et quand j'entends au travers de la cloison des phrases du genre « Pour Spinoza, le libre arbitre n'existe pas », me voilà rassurée. Ma fille est sur la bonne voie. Merci Mickaël.

J'apprends à faire attention (changer le code de la carte de crédit, ne rien laisser traîner) tout en respectant l'intimité de Gala. Je m'interdis de fouiller dans ses affaires ou de lire son journal intime, autant par peur d'y lire des horreurs que par respect de sa vie privée. Je me contente juste de faire les poches de ses pantalons avant qu'ils n'aillent à la machine. J'y trouve toujours des choses étranges : un poème, un bonbon écrasé, une clé, un sachet de thé. Le plus étonnant étant ce jour où je découvre un paquet de cartes d'identité dont l'une avec ma photo.

Aussitôt, je me précipite :

— Mais c'est quoi ça ? C'est moi !

— Oh, tu gâches tout, encore une fois, c'est ton cadeau d'anniversaire Mims, une carte d'identité toute neuve, où tu es toute jeune. Et qui te fait naître dix ans plus tard, j'ai pensé que ce serait un beau cadeau, toi qui flippes sur ton âge.

— D'abord, je ne flippe pas sur mon âge. Et ensuite, c'est interdit de fabriquer de faux papiers. Tu sais ce que tu risques ?

— C'est toi qui risques, pas moi, haha.

J'ignore cette réponse provocante et reprends ma question.

— Tu sais ce que tu risques ?

— Me faire engueuler par ma mère, hou, j'ai peur !

— Je me demande comment on a fait pour t'éviter le casier judiciaire. Et ça, c'est quoi ? lui dis-je en brandissant un poing américain négligemment posé sur sa table de chevet.

— On sait jamais.

— On ne sait jamais quoi ?

— Je me suis fait agresser la semaine dernière.

— Mais où ? Et par qui ? Et quand ?

— À Sevran, par des dealers qui voulaient m'enlever et te demander une rançon, mardi dernier. D'autres questions ?

— Tu me racontes n'importe quoi.

— Oui, mais j'ai eu envie de m'offrir un poing américain, je l'ai chopé sur le Darknet, il y avait une promo, alors voilà, maintenant personne ne m'embêtera.

En disant cela, elle prend l'objet, le tourne, le retourne, y passe ses doigts trop fins.

— C'est grave la classe, tu ne trouves pas ?

— Tu vas me faire le plaisir de jeter à la poubelle cette chose-là.

— Non, je préfère le garder, on ne sait jamais, si je n'ai pas mon bac, je sais que sur le Darknet ils en ont.

— Ils en ont de quoi ?

— Ben des diplômes. On trouve tout sur le Darknet.

— Comme à la Samaritaine.

— La quoi ?

Deux mois avant le bac

Je n'ai pas de famille, plus de travail, plus de revenus non plus. J'ai juste une psy à qui je ne suis pas sûre de dire toute la vérité, et une fille avec qui je perds parfois la connexion. Je n'y arrive pas.

Gala s'éclate, Gala s'amuse, Gala reste au lit jusqu'au déjeuner, savoure ce qu'elle considère comme des vacances au Club Med, s'éclipse régulièrement je ne sais où, dérive dans un quotidien hédoniste, oisif, fait de plaisirs fugaces, de jeux vidéo et de bières glacées. Les cours du CNED arrivent régulièrement mais restent dans l'enveloppe. Le professeur d'espagnol se désole du manque de concentration. Les devoirs sont en suspens. Le tableau qui trône dans le salon est orné d'arabesques colorées. La musique est permanente et souveraine. Je craque, je crie. Mes réactions sont vaines. Je ne sers plus à rien.

Je ne suis rien.

Mon autorité déjà chancelante ne s'est pas davantage améliorée avec l'arrêt de l'agence et ma présence. Gala n'en fait qu'à sa tête à tous les niveaux. La musique, les chansons, les raviolis, les heures passés sur son écran, le désordre absolu qui règne partout, tout me montre mon échec et mes mauvaises décisions. Je ne cadre rien.

Au moment où la sonnette de l'entrée retentit, je ressens une sorte de malaise, un peu comme si un truc partait de mon ventre et rampait vers ma gorge pour atteindre mon crâne. Je ne me sens pas bien, ma tête tourne. Ça tangue, j'ai le vertige. Mais ce n'est pas vraiment ma tête qui tourne, c'est le plafond qui tourne et tourne de plus en plus vite. Je suis dans un manège, sur un cheval qui s'appelle Papillon et je m'attends à voir le pompon dans mon champ de vision. Dans le même temps, je ressens des fourmillements jusque dans le bout des doigts, puis c'est toute ma main qui se remplit de fourmis. Je suis en train de partir. Mon corps se dérobe, il se déconnecte de mon esprit. Je ne suis qu'un amas de compacité à la dérive. Je divague. Je dis vague. Je n'ai même pas le temps d'avoir peur car l'inconscience s'impose à moi. Mon univers se décolore. Je vois tout en beige, des fourmis beiges qui rentrent en moi. J'essaie d'attraper le pompon mais ma main s'agite dans le vide. Papillon se cabre et me déséquilibre. Mes yeux s'ouvrent en grand jusqu'à faire tomber leurs globes au sol, j'écarquille pour essayer de garder l'équilibre et de m'ancrer à nouveau dans la réalité de ce qui m'entoure, mais le plafond beige me tombe dessus et le sol beige aussi se rapproche lentement de moi. Alors que je tente de me retenir à la console de l'entrée, j'entends vaguement la sonnette qui insiste pour la deuxième fois, de façon plus prolongée. Alors que tout tourne encore et encore plus vite autour de moi, c'est dans un ultime effort que j'ouvre la porte sur un M. Alvarez innocent qui vient juste apporter le courrier. En phase d'évanouissement imminent, l'œil extatique, je tente de m'accrocher à lui avant de m'effondrer lamentablement. Entre mon corps lourd et le paquet d'enveloppes, le réflexe reptilien de M. Alvarez choisit prioritairement le courrier qu'il ne lâche pas. C'est comme ça qu'il perd lui aussi l'équilibre.

Depuis sa chambre, Gala entend un cri d'homme suivi d'un sourd bruit de chute. Elle arrive précipitamment et tombe sur le tableau singulier de sa mère affalée sur M. Alvarez, tous deux à terre.

Je n'ai plus conscience de rien, car à partir de cet instant-là, je glisse dans un trou abyssal au plus profond de moi-même.

Je me réveille aux urgences de l'hôpital Lariboisière, allongée sur une civière, encadrée de deux policiers armés jusqu'aux dents.

D'abord, je ne vois qu'un bout de crosse. Mais que fait un Sig Sauer SP 2010 au bout de mon nez ? J'éprouve le soulagement de me sentir vivante quoique mal entourée. Une heure auparavant, au moment où M. Alvarez appelait les pompiers, un apprenti terroriste s'était fait arrêter non sans mal alors qu'il s'apprêtait à faire quelque chose de suffisamment dévastateur pour qu'on l'en empêche avec la brutalité nécessaire. Il est mon voisin de brancard et ne me paraît pas capable de s'enfuir.

Mais au cas où, deux masses viriles et policières sont là, collées à lui et donc à moi, prêtes à dégainer en cas de danger. Je plane encore un peu. Mais moi, dans quel état suis-je ? En tournant la tête de l'autre côté, je vois les silhouettes floues de M. Alvarez et de Gala, dont je me demande ce qu'ils font ici ensemble à l'hôpital. Je mets encore quelques minutes à me souvenir et me rendre compte de la situation. Ça plane pour moi. Je n'ose émettre un son. Du reste, personne ne parle. Ce couloir des urgences est plongé dans un silence étrange. La sirène hystérique du camion de pompier qui m'emporte hurle encore dans ma tête. J'écarquille les yeux pour me sentir plus vivante, j'y vois double, double et flou. La peur m'envahit, si grande que je perds connaissance quelques instants.

Voilà maintenant plus d'une heure que nous sommes là à attendre un médecin disponible.

Enfin, c'est mon tour et, après une batterie de tests divers et de nombreux examens, coups de fil, et remplissage administratif, on m'autorise à rentrer chez moi.

Gala est restée dans la salle d'attente, seule, pendant deux heures.

Quand elle me voit revenir, son visage s'éclaire, ses yeux brillent, je vois qu'elle a pleuré.

Nous rentrons toutes les deux en taxi (M. Alvarez, lui, est rentré plus tôt) avec une ordonnance de trois pages.

Névrite vestibulaire doublée d'un état dépressif et d'une carence en tout : en fer, en magnésium, et en vitamines de tout l'alphabet (la A, la B, la C...). Je ne sais pas ce que veut dire ce truc vestibulaire, mais j'avoue être soulagée par le diagnostic. Je m'attendais à pire.

Repos absolu exigé.

Le soir, Mme Alvarez nous apporte une soupe et des beignets de morue, et elle nous raconte dans le moindre détail le déroulé chronologique des événements. Comment son mari venait apporter le courrier qui est là sur la commode, comment il a appelé les pompiers, comment il a tenu à venir lui aussi à l'hôpital avec Gala pour ne pas la laisser seule, comment elle a fait elle-même les beignets de *bacalhau* que voici.

Nous prenons notre soupe en silence

— Maman, je te promets

— Tu me promets quoi ?

— Je te promets d'essayer.

Elle me tend un beignet.

— Bacalhau... Réa !

Les médecins me recommandent le repos absolu et zéro stress. Une convalescence d'au moins deux mois au cours de laquelle je dois éviter de me mettre la tête à l'envers, au propre et au figuré. À partir de là, rien n'est plus comme avant. Gala est au petit soin, prépare les repas, fait ses devoirs, range l'appartement. Nos relations se sont adoucies du fait de cet incident de santé. C'est moelleux et cela me pousserait presque à exagérer ma fatigue.

Ça va beaucoup mieux maintenant et c'est très bien parce que demain c'est le grand jour.

Le premier le plus stressant d'une longue série. Aux épreuves de français et de SVT l'an dernier Gala n'a récolté ni point d'avance, ni point de retard. Dix de moyenne. Aujourd'hui c'est différent. C'est le jour du vrai bac. La philo, quatre heures. Nous avons étudié, révisé, lu, nous sommes prêtes.

Très tôt, trop tôt, nous nous sommes levées, lavées, vêtues et avons avalé un petit déjeuner rapide au cours duquel j'ai tenté de me montrer décontractée et de trouver des mots encourageants. En vain. Je suis bien plus stressée qu'elle.

Les tickets de métro sont posés sur la console de l'entrée avec la convocation. Quand j'avais demandé à Gala si elle voulait que je l'accompagne, son « si tu veux » a presque résonné dans mon cœur comme une victoire. Malgré quelques crispations dues aux frontières de la légalité souvent franchies, cette dernière année m'a rapprochée d'elle. Elle a pris dans mon quotidien toute la place, et j'ai aimé ça. Elle a su se responsabiliser face à ma convalescence. Ma santé est stable, je suis suivie pour mes problèmes d'oreille interne et sous traitement antidépresseur depuis mon accident vestibulaire.

Ma vie d'avant est loin et ne me manque pas, à part peut-être l'amour physique dont j'ai oublié les vertus. Faire du sport ou avoir un chat remplace la « chose ». La mise en orbite de ma fille et mon rétablissement ont été un plein-temps.

Nous montons dans la rame de métro et là, au lieu d'une concentration prostrée, voilà que Gala engage la conversation sur son prochain anniversaire qui aura lieu fin août, donc après les résultats du bac.

— Voyons, qu'est-ce que je pourrais souhaiter si je suis reçue ?

— Mais on va d'abord passer la philo, on verra après. Concentre-toi !

— Ça me détend de me concentrer sur mon cadeau.

— Souhaite-toi de décrocher ton bac haut la main, avec de bonnes notes.

— Hé Mims, c'est mon anniversaire, pas le tien.

Devant le lycée du IXe arrondissement, une file d'attente se forme déjà et les candidats commencent à rentrer. Une voix s'élève : « Mettez-vous en rang, préparez votre convocation, vos papiers d'identité. »

— Maman, donne-moi ma carte.

Je lui renvoie un regard vide car je viens de me rendre compte de l'horreur. Je fais semblant de chercher dans mon sac, en vain car, en cet instant précis, je sais, j'ai la certitude que j'ai oublié la carte d'identité de ma fille.

Ce n'est pas dans la grande difficulté que je suis à mon meilleur, j'ai l'affolement facile et l'emballement cardiaque qui part au grand galop. Dans mon champ de vision mentale, j'imagine Mme Marin m'expliquant la définition d'un acte manqué. Le bac marque la fin d'une ère et le début d'une autre. Si votre fille a son bac elle peut partir, et où allez-vous placer vos prochains combats ?

— Maman ? Dis-moi que la carte d'identité est dans ton sac.

Je continue à fouiller alors que je sais très bien que je ne l'ai pas.

— Mais pourquoi ce n'est pas toi qui penses à ça ? Pourquoi ça doit être moi ?

— Parce que c'est toi qui as proposé de gérer les papiers, les rendez-vous, tout… tu me l'as dit encore avant-hier… C'est foutu… Attends, je vais quand même voir s'ils m'acceptent.

Alors que le désespoir et la culpabilité sont en train de me dévorer le ventre et qu'un rat fait les cent pas dans ma tête, j'aperçois un homme sur sa moto venu déposer son fils. Le majeur encore croisé sur l'index à l'attention de son ado, il voit une folle hystérique qui se précipite vers lui.

— Monsieur, monsieur, s'il vous plaît, ma fille a oublié sa carte d'identité, je vous en supplie, emmenez-moi la récupérer, je n'habite pas loin, je vous en supplie.

Je ne lui demande même pas son avis que j'enfourche déjà l'arrière de sa Yamaha. Je lui donne mon adresse, il me tend un casque et démarre en trombe. La course va durer sept minutes. Il brûle les feux, monte sur les trottoirs, prend un sens interdit, et pile devant la porte de mon immeuble. Le casque sur la tête, je monte les escaliers deux par deux, j'arrive essoufflée, la clef dans la serrure, je suis dans l'appartement. Seulement voilà, je n'ai aucune idée de l'endroit où se trouve la carte d'identité. Le rat s'attaque à la partie non comestible de mon cerveau quand je reçois un texto de Gala :

Dans la poche de la veste Armani que je t'avais un peu empruntée, dsl.

Je file dans le dressing à la recherche de la veste, et dans la poche il y a bien la carte d'identité. Sauvées ! Si mon motard ne m'a pas abandonnée, nous serons dans les temps. J'appelle l'ascenseur. Et dans cette attente, je vérifie négligemment la carte d'identité. C'est bien ma fille en photo, mais affublée d'un autre nom. Suis effondrée, affolée, dévitalisée, je l'appelle.

— C'est pas la bonne. Tu n'aurais pas une autre carte d'identité cachée quelque part, parce que tu ne vas pas pouvoir passer le bac à la place de Gala Kellerman.

Heureusement, sa réponse est immédiate :

— Aïe, regarde alors dans mon faux sac Balenciaga qui est dans ma chambre sur l'étagère à droite du meuble rouge. Je cours.

Bingo, au milieu d'autres cartes, il y a la bonne.

Descente en quatrième vitesse. Saut sur la moto, vifs remerciements sur un ton qui indique que le parcours n'est pas terminé. Le mec au casque le remet sur sa tête, on va encore plus vite qu'à l'aller. La porte du lycée est en train de se fermer. Je me précipite, toujours avec mon casque sur la tête. J'entends la voix du proviseur qui dit : « Veuillez regagner la salle d'examen. »

Un frêle poignet se faufile dans l'interstice de la porte, au bout duquel la petite main de Gala arrache la carte d'identité que je lui tends. La porte se ferme sur mon soulagement.

La tension retombe d'un coup et je passe en une seconde de l'apnée à l'hyperventilation.

On va dire que c'est bon.

Le motard me propose un café. Sans casque, et le corps déplié, je découvre un homme bien mis de sa personne. Il a un air gentil et doux. Après quelques échanges lisses sur la météo, l'examen, le programme et les envies futures de nos progénitures respectives, nous abordons l'activité.

— Vous êtes dans quoi ?

— J'ai une brocante rue du Marché Popincourt.

— Sympa.

J'ai tout mon temps, pas lui, après trente minutes d'une conversation fluide et jamais poussive, il doit filer. Je réitère mes remerciements. Il remonte sur sa moto et me souhaite bonne chance pour le bac.

— Pareillement.

Malgré le vrombissement du démarrage, j'entends quand même :

— Peut-être à bientôt.

Il faudrait une coïncidence pour que je le revoie un jour. Mais les hasards n'existent que dans les livres et pas forcément les meilleurs. Je repense à cette course effrénée, à l'épreuve de philo sur laquelle est en train de plancher Gala et à la rue du Marché Popincourt, que je sais très bien situer sur la carte et qui ne doit pas dépasser vingt mètres de long. Une façon comme une autre de ne pas donner ses coordonnées directement, mais de pouvoir être retrouvé si besoin.

Bac in the pocket. Le message que je reçois en ce matin de juillet 2010 sonne comme un hourra. Cette longue traversée faite de complications revêt tout son sens. À mon époque, le taux de réussite était de 70 %, aujourd'hui il dépasse les 90 %. En même temps, il ne faut pas que j'exprime trop de joie sous peine de ridicule auprès de mes amies nanties d'enfants parfaits à la trajectoire ascensionnelle qui savourent leur intégration dans de grandes écoles. La fierté des mères s'exhibe alors sur les réseaux sociaux par l'étalage des résultats, mentions, admissions. Les #proudmom félicitent leur progéniture par le truchement de leurs followers, et en avant la photo, les likes et autres bravos.

Les gens qui clament haut et fort leur joie, leur chance, et leur réussite, sont félicités par des gens contents pour eux. Concernant les examens, il y a un côté absurde à féliciter quelqu'un qui félicite.

Mais soyons lucides, ces gens qui s'autocongratulent à tout-va ne sont contents que dans la mesure où eux-mêmes ont des satisfactions équivalentes ou supérieures. Les gens ne sont pas « contents », ils font semblant d'être contents, au mieux ils sont indifférents, au pire ils sont agacés. Pourquoi ?

Parce qu'ils ont connaissance de l'information.

Parce que personne n'est agacé de ce qu'il ne sait pas.

Et Gala ? me demande Mme de Saint-Gobain que je croise encore dans la rue. Elle sait très bien que ma fille a eu son bac de justesse en candidat libre, et je sais très bien (qu'elle sait que je sais) que sa fille Gwenola triomphe à tous les étages à grands coups de gratifications diverses : mention très bien, prépa prestigieuse, Normale Sup dans le viseur. Me demander « Et Gala ? » est une question que je perçois comme une perfidie. Je me contente de répondre : « Gala ça va, ça va… ». Non, je ne lui demanderai pas « et Gwenola ? » comme elle semble l'attendre.

Je refrène mon envie de lui hurler dessus : Rendez-vous dans dix ans, quand Gwenola sera prof de français en Seine Saint-Denis et se fera maltraiter par ses élèves.

Je ne dis rien, bien sûr, mais cela suffit pour qu'une punition divine se manifeste instantanément par le biais d'une bouffée de chaleur invasive qui monte, qui m'enveloppe, qui m'envahit. La température de mon corps passe en moins de deux secondes de 36° à 40°. Mon visage devient rouge, et tout mon être dégouline de sueur.

Putain de ménopause.

J'ai honte de suer toute l'eau de mon corps, de mes pensées parasites, de mes agacements qui me rendent méchante. Malgré moi.

L'ange derrière mon oreille me file une mandale. Ressaisis-toi. Allez.

— Et bravo à Gwenola pour sa brillante réussite.

(Et souris en même temps, dit l'ange.)

— Merci, merci, oui on est contents, et j'ai entendu dire que vous avez eu des petits problèmes de santé, ça va mieux ?

Voilà qui n'arrange pas mes bouffées de chaleurs. Les Alvarez parlent trop, l'ange ricane, je voudrais que cet horrible incube me lâche.

— Beaucoup, beaucoup mieux, merci !

Maintenant que « nous avons » le bac, tout est prêt pour compléter le dossier et valider la *scholarship* (la bourse). L'inscription dans un établissement américain exige du temps, de l'attention, et de l'aide. Faire traduire par des traducteurs assermentés les appréciations de tous les bulletins scolaires du lycée serait a priori une chose facile, sauf que Gala n'a de bulletins ni de première ni de terminale. Depuis qu'elle a quitté l'école en cours de seconde, elle n'en a plus.

Comment complète-t-on un dossier impossible à compléter ?

Paul de Go Campus s'occupe de tout. Il dit qu'avec les Américains, on est obligé de dire la vérité. Le mensonge est interdit aux États-Unis.

— Ah, eh bien, si le mensonge est interdit en Amérique, on ne va pas mentir. Et donc, qu'est-ce qui est prévu ?

— D'abord on danse, et ensuite on regarde un film.

— Très bonne idée. Qu'as-tu envie de voir ?

— *La Vengeance d'une blonde.*

— Encore ! Mais ce sera la troisième fois en quinze jours que tu le vois. Mais qu'est-ce que tu lui trouves à ce film ? C'est charmant mais bon…

— J'y trouve des pistes

Ma dépression est tenue à distance grâce aux médicaments qui régulent mon sommeil, mon humeur et mon oreille interne. Ajoutons à cette posologie les séances bihebdomadaires chez Mme Marin, le soulagement du bac, et je suis presque sortie d'affaire.

Il ne reste que la menace du nid vide et l'angoisse de ma réinvention professionnelle, laquelle commence à être urgente. Financièrement, j'ai six mois devant moi, ensuite, il faudra trouver un autre logement, préférer les vacances en France, prendre le train et avoir l'air de s'accommoder d'une décroissance heureuse. Mon empreinte carbone va être divisée par cent et je vais devoir trouver ça formidable. Mais ça, c'est après, une fois que Gala sera mise sur orbite. On y est presque. Mme Marin me rassure.

— À son âge, votre fille ignore le sens des mots peur et danger, me dit-elle. Aucun souci ne l'affecte, rien ne l'impressionne, et ça vous arrange bien de penser que sa légèreté face à la vie et son audace face à n'importe quelle situation compliquée sont dues à votre enveloppante protection et à votre amour infini. Avec votre accident de santé, elle a montré qu'on pouvait lui faire confiance. Elle a du culot, certes, mais aussi de l'initiative. Soyez confiante.

Mme Marin m'explique avec des pincettes que j'ai projeté sur ma fille des rêves, des envies, que je cherche à faire d'elle une sorte de moi augmenté. Un moi qui se chercherait en même temps qu'il se construirait. Une sorte de deux en un qui rendrait ma fille forte et insouciante. Gala parvient à gérer ses obsessions et ses angoisses, et rien ne la détourne de son objectif. Rien ne l'arrête, ni les lois, ni moi.

— Vous dites qu'elle a des obsessions. Je veux bien le croire. Vous vous rendez compte qu'elle a vu trois fois *La Revanche d'une blonde*, mais pourquoi ? C'est charmant mais un peu bêta quand même.

Mme Marin n'a pas vu cette comédie américaine. Je lui en fais le résumé. C'est le parcours d'une fille un peu futile qui décide de rentrer à Harvard dans le seul but de séduire un jeune homme ambitieux. Alors que rien ne la prédestine à faire des études, contre toute attente, elle intègre cette université prestigieuse.

— Comment s'y prend-elle ?

— Elle fait une vidéo dans laquelle elle se montre telle qu'elle est.

En répondant à sa question, en résumant le film, une ampoule s'allume au-dessus de ma tête.

J'appelle Paul de Go Campus pour lui demander si le dossier de Gala avance. Comment il voit les choses, et comment faire pour compléter l'inscription sans bulletins des deux dernières années du lycée.

— Soit vous avez de bons bulletins, soit vous avez de bonnes idées. Et la vidéo telle que l'a imaginée Gala, j'avoue que c'était une sacrée bonne idée ! Elle a tenté quelque chose en disant simplement la vérité, comme dans le film, ou plutôt en donnant à la vérité un aspect spectaculaire et original. Elle m'a raconté ce qu'elle avait fait d'extraordinaire et tout ce qu'elle savait faire, et à partir de là, nous avons réfléchi ensemble à un scénario mettant en avant ses qualités d'entrepreneuse créative, sa capacité à aider les autres, et son don pour les langues. Elle en a fait des choses ! Et son copain Stéphane, l'apprenti ingénieur du son avec qui elle avait travaillé, a filmé tout ça. Vous connaissez Stéphane ?

— Non.

— Un garçon extra, ce Stéphane Orlingat, un de ses amis qui veut partir étudier au Canada. Faire du cinéma. C'est un ex-mannequin pour qui elle avait fait des photos.

— Mais pourquoi j'ignore tout ça ?

— Ah, désolé, je pensais que vous étiez au courant.

» Et sinon, nous avons récupéré de nombreuses lettres de recommandation de personnes qui ont croisé Gala et qui racontent une anecdote qui la concerne et dans laquelle elle s'est montrée étonnante, ou inventive. Ça fait beaucoup de monde, des gens très différents. Il y a un boulanger de l'Oregon qui fait des farines, James, mais aussi un rabbin, un tatoueur pour qui elle a dessiné, une Chinoise qui dirige une entreprise d'accessoires et pour laquelle Gala était, paraît-il, une des représentantes en France, un imprimeur allemand, le directeur d'un élevage canin, une conductrice de bus, il y a même un vendeur grossiste de bonbons qui est je ne sais plus où, à Sevran je crois.

Quelques semaines plus tard, par un mail titré « Congratulations », nous apprendrons l'admission de Gala à Caroll University.

Le rêve américain rendu possible grâce à la détermination de Gala, aux moyens déployés par Paul, à l'application de Stéphane et aussi (surtout) à la bourse d'études qui prend en charge 60 % des frais de scolarité.

Et ce malgré une absence de bulletins de lycée, et les notes d'un bac décroché à l'arrache.

— Tu te rends compte, Mims, dans sa lettre le recteur de l'université dit qu'ils n'ont jamais vu quelqu'un comme moi. *I am special.*

— Mais tu es quelqu'un de spécial, et moi, je suis un peu triste que tu partes.

— Tu vas gérer, Mims. Ma carrière d'abord, me répond-elle avec un sourire.

— C'est bien. Et à la synagogue, ils en pensent quoi ?

— J'ai un peu séché ces derniers temps. Trop de taf. Suzanna m'a dit que ce n'était pas grave, je rattraperai plus tard... Peut-être.

— Et Mickaël ?

— Il a dit qu'il viendrait me voir.

Je lui cite Bussy Rabutin : « L'absence est à l'amour ce qu'est le feu au vent, il éteint le petit, il allume le grand. »

Gala, songeuse, me demande alors :

— C'est venteux le Wisconsin ?

Suzanna, mais bien sûr Suzanna, qui s'est tant démenée pour que Gala parte aux États-Unis grâce à l'aide de son copain Paul. Une expédition habilement menée à un moment où la romance de Gala avec son fils Mickaël commençait à prendre de l'importance. Envoyer un peu loin la copine goy de son fils allait rendre service à tout le monde, finalement. L'amour à distance s'organiserait. On s'écrirait, on se téléphonerait, on se promettrait de venir, puis au dernier moment, on aurait un empêchement, et avec un peu de chance, on s'oublierait.

Me voici arrivée au bout du chemin. Il n'a pas été sans embûche. Au cours de ces deux dernières années, j'ai souvent été découragée par l'idée que je me battais dans le vide, et puis non, car la vie m'offre aujourd'hui ce que j'attendais. En voyant le sourire de Gala à l'aéroport le jour de son départ, je partage sa joie pour cette nouvelle aventure. Je sais que j'ai eu raison de persévérer, de ne jamais abandonner. Son bonheur est ma victoire. Bien sûr, j'espère au plus profond de mon cœur qu'elle se souviendra toute sa vie de ce que j'ai fait pour elle.

Mais son au revoir désinvolte, et le fait qu'elle rejoigne l'embarquement sans se retourner pour un dernier signe de la main (une fois de plus) me laissent présager que rien n'est moins sûr. Il faudra que j'apprenne à considérer que ce n'est pas si grave.

10 ans plus tard

De andreagall@gmail.com
À galgala@gmail.com
Objet : WELCOME HOME
Paris, le 9 octobre 2020

Ma Gala chérie,

Voici dix ans que tu es partie, et voilà que tu reviens, enfin ! Il aura fallu un virus et une rupture pour te convaincre. Merci au Covid et à Noah de m'avoir rendu ma fille. Même si je t'avoue qu'il me plaisait bien ton Noah. J'ai savouré à distance ton parcours et ton accomplissement. Je n'en reviens pas de ta conférence TED qui a été vue par plus de 400 000 personnes dans le monde. Je l'ai relayée sur les réseaux sociaux et l'ai envoyée à toutes mes copines, et plus encore. Et Forbes Under 30 ! J'ai cru à une blague quand tu m'en as parlé. Les trente en dessous de trente ans qui comptent dans le monde. Je crois que je vais exploser de fierté.

Tu vas rentrer en étant « autre » : une jeune femme épanouie avec un métier, des projets et un avenir à inventer. Tu verras, la France, c'est compliqué en ce moment à cause des circonstances (les masques, le confinement, le télétravail, l'arrêt des événements culturels…), mais c'est ton pays et tu y seras heureuse.

Le petit appartement de la rue Dulong t'attend, j'y ai fait livrer hier quelques affaires, un lit, une table, deux chaises et une valise à toi qui était à la cave… Je l'ai ouverte.

J'y ai retrouvé des documents de toutes sortes datant de ton année de pensionnat. Il y avait à l'intérieur un de tes anciens cahiers remplis de dessins sur lesquels tu notais des pensées et des anecdotes. Je m'étais juré de ne plus jamais lire des choses de ton intimité, mais (une fois de plus) je n'ai pas pu résister.

J'ai donc appris comme ça que les dealers de Sevran t'avaient vendu des Dragibus en te faisant croire que c'était des ecstasys. En te roulant dans la farine, si je puis dire, ils t'ont sûrement sauvé la vie ! Personne ne survit à quatorze ecstasys ! Mais tu as préféré me laisser dans le doute plutôt que d'avouer t'être fait berner. J'en ai encore des frissons. C'est peut-être cette arnaque qui t'a donné des idées pour la suite de ton business.

J'ai aussi trouvé la lettre de Mme Orlingat, dans laquelle elle te remercie pour ce que tu as fait pour son fils Stéphane. Apparemment, il est parti suivre un cursus dans le cinéma au Canada, elle dit que c'est grâce à toi et, je suppose, grâce à Paul de Go Campus. C'est donc lui l'ami qui a fait la vidéo de présentation pour ton inscription à Carroll.

Tu m'avais promis d'utiliser tes gains pour faire quelque chose de bien. Après tout, si tes petits trafics de verveine et de sacs à main bidon ont servi au dossier de ce garçon.

Ce qui m'a fait rire, c'est de retrouver un bristol signé Lucien qui disait : « Je crois que ce sont tes préférées, voyons-nous vite. » Comme je n'ai pas le souvenir que Lucien m'ait un jour envoyé des fleurs, j'en déduis que tu as intercepté, jeté, ou donné le bouquet à quelqu'un d'autre. À Suzanna ? Avec la pochette Gucci ?

Ma Gala, tu m'en as fait voir de toutes les couleurs.

Bon, je te laisse, j'ouvre à 14 heures aujourd'hui. Je suis seule à l'agence en ce moment et c'est moi qui fais toutes les visites. Il n'y en a pas des masses. L'immobilier ne va pas fort ces temps-ci avec la pandémie, mais c'est l'équation professionnelle « sourires, compétences et travail minimum » la plus rentable.

Sinon, on s'entend toujours merveilleusement bien avec Adam. Il a ouvert une autre brocante juste avant le covid qu'il a refermée aussitôt en l'attente de jours meilleurs. Nous voyons ses enfants parfois le dimanche pour le brunch familial, tout se passe très bien.

Quand je pense que sans lui et sa moto tu n'aurais jamais pu passer ton bac ce jour-là.

Je t'embrasse fort ma Gala que j'aime.

Tellement hâte de te retrouver.

Maman

PS : Avec quel vol arrives-tu ? Es-tu contente de rentrer en France ? Es-tu triste de quitter les

États-Unis ? Noah ? Y a-t-il des clients qui te suivent ? Comment s'est passée ta démission ? Ont-ils essayé de te retenir ?

De galgala@gmail.com
À andreagall@gmail.com

RE – WELCOME HOME

Arrivée demain à CDG à 7 h 30.

Le bouquet de fleurs, je l'ai offert à M. Alvarez de ta part (pardon).

Love you mamie*

Gala

PS : * Oui, au fait, je serai deux.

À la mémoire d'Andrée ORIOL, ma mère.

Cet ouvrage a été composé par PCA

Imprimé en France par
CPI BRODARD & TAUPIN (72200 La Flèche)
en avril 2023

pour le compte des Éditions J.-C. LATTÈS
17, rue Jacob – 75006 Paris

PAPIER À BASE DE FIBRES CERTIFIÉES

JC Lattès s'engage pour l'environnement en réduisant l'empreinte carbone de ses livres. Celle de cet exemplaire est de :
450 g éq. CO_2
Rendez-vous sur www.jclattes-durable.fr

N° d'édition : 01 – N° d'impression : 3052520
Dépôt légal : mai 2023
Imprimé en France